大島真寿美

ワンナイト

ONE NIGHT
Masumi Oshima

幻冬舎

ワンナイト

ブックデザイン　鈴木成一デザイン室
カバーフォト　野口博
カバーイラスト　上路ナオ子
撮影協力　ステーキハウス　ギューギューMASA

1

「うまくいかないものだわねえ」

鏡子《きょうこ》が言うと、義弘《よしひろ》は、しょうがあるまい、といくぶん投げやりに応え、翌日の仕込みをするために奥の厨房へと消えていった。

後片づけの済んだテーブルを拭きながら、鏡子は少しがっかりする。

合コンって難しいのね。

義弘の妹の歩《あゆみ》に良いお相手でも見つかれば、と鏡子がしゃしゃり出て、常連客の主催する合コンに無理矢理、歩を参加させてみたものの、遠目で観察していたかぎりでは、歩はほとんど蚊帳《かや》の外だった。料理を運んでいって、たまに歩がしゃべっているのを聞いたが、鏡子には謎々みたいな、てんでわからない、たぶん、まんがかゲームかなにかについてを、まるで時事問題でも語るかのように難しい顔で批評していた。

三十五にもなって……。

なんという色気のなさ……。

いくら身内とはいえ、これでは贔屓《ひいき》のしようもない。

表面だけ整えたって無駄だった、とその時、鏡子はつくづく悟っていた。午後いっぱい、歩のために、服を買い、靴を買い、ネイルサロンと美容院へと連れて行った。洋服代も靴代もネイル代も美容院代もぜんぶ、鏡子が出してやったのは、義弘がそうしていい、と言ってくれたからだったが、いつも小汚い恰好をしている歩を変身させるのは、思っていた以上に面白くて、つい夢中になり、予算を大幅にオーバーしてしまったのは痛恨の極みである。

とはいえ、その甲斐《かい》あって、歩は知的なお嬢さん風に仕上がり、一人だけ見劣りせずにすんだわけだし、それどころか、義弘でさえ、おいおいこりゃ馬子にも衣装だね、歩じゃないみたいだ、と小さく首を捻《ひね》りながら何遍もつぶやいたくらいの出来にはなったのだったが。

しかしながら歩は（と鏡子は憤《いきどお》らずにはいられない）、候補としてはまずまずの三人の男たちにまるで興味はなさそうだった。むろん、それ以上に三人の男たちもまた、歩に興味はなさそうだったけれど。

にしても！

媚《こ》びろ、とまでは言わないけれど、もう少し、積極的に動いてほしかった、と鏡子は思うわけである。せっかく、ここまで段取りしてやったんだから。なんたって、これは合コンなんだから！

あの子もね、昔はもうちょっと普通の娘だったのよ、と姑《しゅうとめ》の伊都子《いつこ》は言う。大学に行ってた頃には普通にお付き合いしてる人だっていたのよ、たしか、丸顔の、格闘技かなにかやってる、ちょっとむさくるしい、むやみにでっかい人。二人で旅行にだって行ってたのよ、韓国。でもねー、いつのまにやら、別れちゃったみたいで。今じゃ、あんなふうになっちゃって。

お義母《かあ》さん、ちょっと待って！　それは勘違いじゃないですか、と鏡子は訂正したくてたまらない。歩ちゃんがあんなふうになっちゃったのはもっと早くからではなかったですか、と。

鏡子が義弘と結婚したのは、歩が大学を卒業して二年後くらいだが、その時点で歩はあきらかに、普通ではなくなっていた。同性の鏡子から見ても（いや、同性の鏡子だからこそ感じる）、じゅうぶんに年季の入った変わりっぷりだった。なんたって義弘は、七つ下の妹を鏡子に引き合わせる時、あいつはいわゆるオタクだからともかく気にしないでくれ、と耳打ちしていたくらいなのだ。

その頃は、仲間と同人誌を作って薄汚れた恰好でふらふらバイトをしていた程度の歩だったが、ゲームのノベライズの手伝いをするようになり、どこでどうなったのか、なにがどう転んだのか、なぜかわからないうちに、小説家になっていた。はい、と照れ笑いを浮かべた歩にいきなり手渡されたデビュー本は、表紙もまんがなら、中身もまんが……ではないものの、かぎりなくまんがに近く、鏡子にはなにが面白いんだかさっぱりわからない代物《しろもの》で、だがそれでも一応小説には違いなかった。こんなものが売れるのか、こんなものを書いて食べていけるのか、と疑問に感じたものだったが、鏡子が知らないだけで、そういうジャンルの本はそれなりに盛り上がっているらしく、歩の本もいくらかは売れたようで、その後も小説その他文章を細々書いて暮らしている。実家はとうに出ていった。経済的には、今もって楽ではなさそうだが、なんせ、極端に支出が少ない低燃費生活だから、どうにかなっているようだ。

歩が実家を出てほどなくして、築五十年になろうかという古家は二世帯住宅に建て替えられ、今、鏡子たちはそこに住む。

二世帯住宅入居に関して、鏡子はとくに反対しなかった。義弘と結婚すると決めた時点で、ある程度、覚悟は出来ていたし、ちょうどその頃、義弘が、勤めていたレストランを辞めて独立し、小さなステーキハウスを開くと決断したところだったので、実現したら鏡子も夜、店に出ねばならなくなるだろう、ならば娘の奈々《なな》の世話を姑に頼める住環境の方がいい、と判断したためだった。

鏡子と、舅《しゅうと》、姑との関係はおおむね、うまくいっている。なんといっても、二人ともすこぶる元気だし、舅はまだ現役で働いているし、姑も趣味や付き合いで毎日けっこう忙しい。おかげで、鏡子たちの生活にさして首を突っ込んでこない。といって、奈々の世話を頼んでも、たった一人の孫だけに、嫌な顔はされないから大助かりだった。頼ったり頼られたりしながら、即《つ》かず離れず、じょうずに暮らしている。

でもねえ、鏡子さん、あたしはとにかく歩が心配で、と姑の伊都子は言う。ことあるごとに、鏡子に言う。

あの子、いったい、いつまであんな仕事、するつもりなのかしら。一生お嫁にいかないつもりなのかしら。寂しくないのかしら。あんな学生みたいな暮らし、いつまでも続けていけるものじゃあ、ないわよねえ。鏡子さん、どこかにいい人いないかしら。歩をお嫁にもらってくれないかしら。

鏡子には伊都子の気持ちがわからなくもない。

歩は仕事場兼用のワンルームマンションで、紙や本やパソコンや、そういうごたごたしたものにまみれて暮らしている。届け物を頼まれて、歩のマンションに行くと、いつも、もっさりしたジャージーの上下（夏はTシャツに短パン）で現れる。当然すっぴんだし、コンタクトをしていないから分厚いレンズの眼鏡《めがね》をかけて出てくる。全然似合ってないが、気にしているようでもない。

鏡子の顔を見ると、あっ、お義姉《ねえ》さん、とうれしそうな顔をして、食料？　と鏡子の手荷物を覗《のぞ》き込む。うれしいのは鏡子の顔を見たからではなく、食料が届いたからだとわかる。

届け物はたいがい食料。頂き物の、果物であるとか、野菜や菓子であるとか。

宅配便で送ればよさそうなものだが、様子を見がてら持っていってくれない？　と姑に頼まれるのだ。伊都子本人が行けばいいのに、伊都子は行かない。舅の義隆《よしたか》も行かない。夫の義弘も行かない。届け物が重い時には車を出してくれるが、義弘は、車から降りない。歩とは何を話したらいいのかわからないのだそうだ。

そんなわけで、歩のところへ一番出かけていくのが鏡子なのである。で、まあ、様子を見てこいという特命を帯びているので、お茶を一杯飲んで世間話などして帰ってくる。

この一年ほど、歩のところへ行くと知ると、奈々がついてきたがるようになった。歩のところにはお宝がいっぱいあるのだそうだ。小学五年生にお宝がいっぱいあると言われる三十代半ばの独身女というのもどうなんだろうか。歩の家で奈々はきゃあきゃあ騒いで本棚やラックを探り、熱心にまんがを読みふけり、本やゲームを借りて帰ったりする。わけがわからないが、仲が悪いよりいいだろうと静観していたら、近頃、奈々が、大人になったらあたしも歩ちゃんみたいになりたい、と看過しがたいことを言いだした。あたし、ビンボーでもいいの、あんなふうにごろごろ楽しく一人で暮らしたい。

非常に悪影響。

奈々に向かって、歩おばちゃんはあれでけっこう苦労しているのだ、遊んで暮らしているわけではないのだ、と説明してやったが、まるで説得力はなし。えー、でもさー、歩ちゃん、好きな時に寝て、好きな時に起きてんだってよ、ゲームやり放題、まんが読み放題。いいなあ、毎日、夏休みみたいで。

鏡子だってべつに、奈々に、野心や向上心を持って勉強し、やがて立派な仕事についてほしい、とまで望んでいるわけではない。けれども、努力そのものを放棄するようになってもらっては困るし、やはり、女の子なんだから、いずれは結婚してほしい。結婚という形がいやなら、それはそれでかまわないが、ちゃんと年相応の恋愛はしてほしい。共に歩める人を見つけてほしい。ひょっとしたらそんな願いすら叶《かな》わない場合もあろう。それも致し方ないとは思う。思うが、しかし、ともかく、はなっから、歩を目指して進むのだけは勘弁してほしい。最低限、それだけは願う。あそこを目指す人生なんて、鏡子の感覚からしたら有り得ないのだ。このまま歩を放置していたら、奈々の教育によろしくないかもしれない、と思うようになったのも、今回の合コンに歩を参加させようと鏡子を駆り立てた遠因だったかもしれない。


合コンは、成り行きで決まったのだった。

常連客の住井《すみい》瀬莉《せり》と話しているうちに。

その日、瀬莉は、社内会議が長引いたとかで、閉店時間ぎりぎりにやって来て、鏡子さ〜ん、おねが〜い、ステーキ、食べさせて〜、とせがんだ。すでにラストオーダーも済み、最後の客(テーブルに二人の男)にデザートのソルベと食後のコーヒーを出したところで、義弘は厨房ですでに翌日の仕込みに取りかかっていたし、鏡子も、バイトの女の子を帰し、店内の片づけの段取りにかかっていたから断りたいのはやまやまではあったが、常連の瀬莉に頼まれたからには断れない。

ねえねえ、鏡子さん、せっかくのステーキなんだから、ワイン、飲んでもいいかなあ？　ハーフボトル頼んでもいいかなあ？　と甘い声でねだられたら、いいと応えるしかない。

瀬莉もよくわかっているから、ごめんね〜ごめんね〜とカウンター席の隅にすわり、それなりに気を遣ってくれる。

「こんな時間に申し訳ないとは思うんだけどさ、おいしいもの、食べて帰りたいのよ。こんなにお腹《なか》ぺこぺこで家に帰って、一人でお茶漬け食べて寝るなんて、独身女の週末にしてはみじめすぎるでしょ。あほな会議で心身共に消耗して、そのあとも、同じ顔ぶれで飲みに行くなんて、あたしには無理。ここしかないのよ〜」

すぐに食べて帰るからね、と口では言うが、タクシーでワンメーターの距離に住んでいる瀬莉は終電を急ぐ必要はなく、ワインをハーフボトルで頼むからには、短時間で済むわけもなく、鏡子も客が食べている側《そば》で片づけをするわけにもいかず、手持ち無沙汰なので、請われるまま、なんとなく話し相手になり、そのうちに、テーブル客が帰り、それを潮に、瀬莉の隣にすわりこんでワインを少しだけ付き合ってしまった。

ごくたまに、瀬莉とはこんなふうになることがある。

親しくしている常連客はそれなりにいるが、こんなふうにいっしょに飲むことは滅多にない。彼女の、この、強引さ、とも違うが、知らず知らず、人を引っ張り込むようなところが、そもそも彼女の魅力なのだし、それこそが仕事で成功した理由なのだろうと鏡子は思っている。瀬莉は、勤務先の寝具メーカーで、それまでまったく縁のなかった外部デザイナーと組んでインナーウェアのラインを出し、それを発展させる形で連続でヒットを飛ばし、今ではその部門の企画室長に収まっているらしい。

「鏡子さ〜ん、聞いて〜。元旦那がさ、リストラされそうなんだって。営業成績悪くて。それで、家、買わないか、って。いいマンションがあるんだよって、あたしにすすめるの」

「まあ」

「どうかと思うでしょう？　一年半振りに連絡してきてそれよ？　しかも会社に。よほど困ってんだろうけど、あたしに泣きつくってどうなのよ。普通はさ、意地でもしないよね。情けなくなっちゃって」

そんな話から、瀬莉ちゃんはもう結婚はしないの？　という質問になり、瀬莉の、そりゃあね、鏡子さんみたいに素敵な旦那様といっしょになれるんならしたっていいけどね、そんな相手なかなかいないし、ほんと、ルックスもいいし、料理の腕もいいし、気さくだし、鏡子さんはいい旦那様を見つけたわよ、というあからさまなお世辞になり、それは翌日の仕込みが一段落して厨房から顔を覗かせた義弘に瀬莉が気づいたからに違いないのだが、気をよくした義弘は、チーズの皿をサービスし、瀬莉が、まあうれしい！　さすが！　ほんと、気が利く旦那様よねえ、と手を叩いて調子よく喜んだため、義弘も会話に参加することとなった。

そうして瀬莉は、結婚といえばさ、と、結婚願望の強い、大学時代のサークル仲間の話をしたのだった。彼女、仕事だってけっこうちゃんとやってるし、お給料だってそれほど悪くはないと思うのよ、でも、どうしてもしたいんだって、結婚。結婚して幸せになりたいんだって。あたしなんかはさ、一度失敗してるし、そこまで夢は見られないけどね。正直、もうこりごりって気持ちもあるし。だって結婚なんて、相手次第じゃないの。素晴らしい結婚ばかりじゃ、ないでしょう。

「でも、そのお友達には結婚が薔薇《ばら》色に見えている」

鏡子が言うと、瀬莉は、まさにそう、と応えた。白馬の王子様はどこ？　もしくは、あたし大きくなったらきれいなお嫁さんになりたい、って感じ。もう大きいけど。大きくなりすぎちゃってるけど！　あははははと、瀬莉が笑った。

「瀬莉ちゃんが飲んでるそのワインを卸してくれている酒問屋の息子も、結婚したい、結婚したいって年中騒いでるよ」

と義弘が口を挟んだ。「いい加減、身を固めたいんだけど、相手がいないんだって。なあ？」

「小野《おの》さん？　そうなのよ、あの人、いい人なのにね。なんであぁいう人に相手がいないのかしら。いくらでもいそうなものなのに」

鏡子が言うと、瀬莉が、その人いくつ？　と訊《き》いてきた。鏡子は、さあ？　と首を傾《かし》げる。義弘が、瀬莉ちゃんと同じくらいなんじゃないか？　と答えた。三十半ばくらいだろう。四十過ぎると相手がいなくなるって、妙に焦《あせ》ってるから。どこかで言われたんだと、そこが一つのヤマだって。それまでにはなんとしても結婚したいって。最近は、ぼやぼやしてると男も売れ残っちゃうんだって？

瀬莉が、そうそう、そうなのよ、と言って笑った。もう女だけが結婚結婚って騒いでる時代じゃなくなったのよ。男もたいへんなんだから。

「そういえば、野畑《のはた》さんもそんなようなこと言ってたわ。野畑さんって、うちのお客さんなんだけど、小さいコンピューターソフトの会社やってる人なの。そこで働いている三十代の男の子が二人ともまだ独身なんだって。早く結婚して、会社に骨を埋《うず》める覚悟をしてほしいらしいんだけど、恋人もいる気配がないんだって。心配してた。誰か紹介してくれないかって頼まれたんだけど、この間」

「へえ、理系男子か。理系男子ってあたしあんまり知らないんだよな」

「とっても頭のいい人たちなんだって。野畑さん、そう言ってたわよ。その人たちがいなくなったら、会社がやっていけないそう。だからこそ、心配してるんでしょうけど」

そんなに有望株なの、それはいいじゃないの、とつぶやいた瀬莉が、じゃあさあ、合コンしようよ、合コン、と唐突に言いだしたのだった。そのコンピューター会社の二人とワインの人と、男は三人。あたしの方は、あたしと、さっき話したあたしの友だちと、あと一人、だれか見つけてくるからさ。

「合コンって瀬莉ちゃんが？」

「そうよ」

「なんで瀬莉ちゃんが」

「なによ、おかしい？　いいじゃない、バツイチが合コンしたって」

「いいけど、瀬莉ちゃん、さっき、結婚はもうこりごり、って言ったような？」

「言ったけど！　相手次第とも言ったでしょ！　みすみすチャンスは逃さないの！」

ボトルが空《あ》きかけていたから、瀬莉はいくらか酔っぱらっていたのだろう、やるやる、と言ってきかなかった。

どうしよう、と鏡子と義弘は顔を見合わせた。こういうことにあまり首を突っ込むのもどうかと思うが、瀬莉をなだめるのも容易ではなさそうだ。

腕組みして突っ立っていた義弘が、つっても小野ちゃんだしな、とつぶやいた。

酒問屋の小野さんは、長い付き合いだから、そう気を遣う必要もない、という意味だろうと鏡子は解釈した。野畑さんにしても、ざっくばらんで、茶目っけのある人だから、案外、喜ばれるかもしれない。

「訊いてみるか、小野ちゃんに」

「そうね、小野さんがいいって言うなら野畑さんにも訊いてみましょうか」

その時、ふと、鏡子の脳裏に、歩のことが浮かんだのだった。


あそこで歩のことを思い出したのがはたしてよかったのか悪かったのか。

歩を参加させるのを呑んでもらうために、鏡子は店を提供すると約束し、場が和むなら、と義弘と相談して、値段以上の料理も奮発したのだった。

しかし、終わってみれば、なんの成果もなかった模様。

合コンて難しい。

見知らぬ者同士が恋に落ちるのは、あんな程度じゃ、ぬるい。

残念だわ、と鏡子は義弘が運転する帰りの車の中で言った。あたしはね、米山《よねやま》さんあたりと歩ちゃんがうまくいってくれたらいいな、と思っていたんだけど。

義弘は、黙って運転している。

でも、米山さんには、その気なしよねー、別れ際も、名残惜しそうな感じはなかったもの。

今頃二次会にでも行っててくれたらいいんだけど。あれで完全にお開きだったのかしら。それとも、誰か抜け駆けして、二次会に行ったのかしら？

「米山さんって、どっち」

「ピンチヒッターの方」

ああ、と義弘が頷《うなず》く。

野畑さんの会社の社員が二人参加するはずだったのに、一人逃げたとかで、時間ぎりぎりに野畑さんの飲み仲間の男性がピンチヒッターとして現れたのだった。

あいつ、米山っつうんだけど、もてんだよ、ああいうの、参加させちゃうと、うちの戸倉《とくら》なんか、かすむだろう、だからおれはいやだったんだけど、この際しょうがねえや、と宴たけなわの頃にこっそり電話をしてきた野畑さんがそう言っていた。社長自ら、ここまで骨を折ってやってんのに、平泉《ひらいずみ》のやつバックレやがってもう、当日に一人見つけるのがどんだけたいへんだったか、まったく親の心、子知らずたあ、このことだね、もうあいつには嫁さんの心配なんか金輪際してやんねえ。戸倉のことだけ心配してやる。戸倉どう？　女の子としゃべってる？　やっぱ、米ちゃんの一人勝ち？

あら、そうでもないですよ、と鏡子はちらちら奥まったところにあるテーブルを見ながら応えた。一人勝ちというほど米山は目立ってはいない。始まってすぐは、米山が一番元気だったが、そのうち静かになってしまった。どちらかといえば、小野の方が目立っている。戸倉は、話しかけられれば応える程度。男三人は、初対面同士だから、三人でつるむわけにはいかず、戸倉もそれなりに女性陣と会話していた。

野畑さんは、ひとしきり、うまくいくかなあ、いくといいけどなあ、と騒いでから電話を切った。

そのうち折りを見て、野畑には今日の（上々とは言い難い）首尾について伝えねばならないだろう。

「だってさ、ああ見えて小野さん、お店の跡継ぎだし。それに小野さんは、歩ちゃんみたいな子はタイプじゃない、って、あたしたち、よーくわかってるじゃない。小野家の嫁としてどうか、ってのをあの人はまず考えるでしょう？　そういう人が、いくらなんでも歩ちゃんを選ばないでしょう」

「今日は化けてたけどな」

「化けてても。気働き、ゼロだもん、歩ちゃん。それはもう、あっぱれなほど」

「そうすると、あれだな、小野ちゃんは瀬莉ちゃんの友達か」

「宮本《みやもと》さん。そう、あたしもそう思った。小野さんは、宮本さんねらいだと思うのよね。で、戸倉さんは、あたしがだめ」

なんじゃそりゃ、と義弘が信号で停車しながらぶつくさ言った。おまえの好みなんか、関係ないだろ。

「だって、あの人、積極的に恋人作ろうっていう感じじゃなかったわよ。なんかちょっとお高くとまってる感じもしたし。野畑さんに言われて、渋々来たんだろうけど、もう少し、結婚に向けての意欲がないとどうしようもないわよ。歩ちゃん、あんな調子だし。リードしてもらわなくちゃ、カップルになんてなれっこないでしょ」

「まあなあ」

「ね、そうすると米山さんしか残らないじゃない」

しか、っておまえ、しか、って、と言って義弘が爆笑した。無理だろ、そりゃ、無理無理無理無理。

義弘がハンドルを切りながら、長々笑い続ける。

鏡子だって、虫のいい話だとわかっているから、言い返しようもなく、これ見よがしに、はあ、と大きなため息をついた。

「しょうがねえだろ。こういうもんは、縁なんだから」

と義弘が慰めるみたいに言った。「うまくいく時はうまくいく。黙ってたってうまくいく。いかない時はどうやったってうまくいかない。そういうものなの、結果は神のみぞ知る」

「がんばったのになー」

「おまえががんばったって、今回はおれら、外野だから、外野」

「だけどさー」

「時代が違うんだよ、時代が」

「時代？」

「おれらの頃と。だってそうだろ？　昔はもっと呑気《のんき》だったじゃないか。合コンっつったって、新しい友達が増えたらそれでいいや、くらいだったろう」

「まあ、そう、かな」

「だろう? そういうくらいでちょうどいいんだよ。だからこそ、うまくいくんだよ、おれらみたいに」

「ああ、うん。それは、そう。それはそうかもね」

それから義弘は、来週の予約状況の確認をし、このところの懸案である、ステーキランチのメニューをもう一種類増やすかどうか、鏡子に意見を求めた。オフィス街の店だから、二時間ちょっとランチ営業をしているのだが、高めのメニュー設定のため、このところ、じりじり客足が落ちている。打開策として、リーズナブルな定食風のランチセットを出すべきか、と義弘は悩んでいた。鏡子にも言いたいことはあったが、何も訊かれないから、黙っていたのだったが、今宵ようやくチャンスが巡ってきたようだ。

増やさなくたっていいわよ、と鏡子はきっぱり答えた。うちは夜がメインなんだから。

でもなあ、せっかくランチ営業して、赤字出してちゃ、世話ないだろう。

赤字、出てないし、あんまり安っぽくすると、接待のお客さんが減っちゃうじゃない。

義弘が、うーん、と唸《うな》っている。

鏡子はバックミラーにぶら下がっている、奈々が父の日のプレゼントとして作ったフェルトのアクセサリーを指でいじりながら、義弘に、時期が時期だから仕方ないわよ、と話しかけた。たしかに今はちょっとお客さん、減ってるけど、必ずまた戻ってくるわよ。今は辛抱の時。ステーキランチのメニューは好評なんだから、うちはこういう店って、落ち着いてやっていけばいいのよ。ぎりぎりになったらまた考えましょうよ。でもまだぎりぎりじゃない。大丈夫。迷わないの。ほんとよ、大丈夫なんだから。

義弘はそうか、そうだよなと、小さく頷《うなず》き、半地下になっているガレージスペースに車を入れた。

鏡子は義弘が時々気弱になることを昔からよく知っている。慎重であるがゆえ、というのもよくわかっている。だからこそ、そういう時が自分の出番なのだ。結婚を決めた時もそうだった。独立しようとしていた時もそうだった。なかなか踏ん切りがつかず、いつまでも迷っていた義弘の背中を鏡子が押したのだ。大丈夫よ、なんとかなるわ。

結果はちゃんとついてくる。

義弘には、それだけの力がある。

鏡子はそれを信じている。

鏡子は、義弘と付き合いだす前から、義弘のことを、知っていた。

鏡子が結婚前に勤めていた家具のセレクトショップは、義弘が修業していたレストランの上階にあったから。

さまざまな種類のテナントの入った、わりと大きなビルで、季節ごとに、ちょっとしたイベントやセールをテナント主体で共同開催していて、運営委員会みたいなものが、たまに開かれていた。鏡子はオーナーではなかったが、面倒くさがりのオーナーに代わって出席することが多く、イベント自体の手伝いをすることがあったから、下っ端でこき使われていた義弘と顔を合わせる機会もたまにあった。そうして鏡子は、いつしかすっかり義弘を好きになっていたのである。なにしろ義弘は、謙虚で、口より先に身体《からだ》が動き、その動きは機敏で、しかも無駄がなく、何をやらせても非常に手際がいい。義弘が作ったカツサンドが、またおいしかった。それを食べたのは、旅行会社の会議室を借りて運営委員会が開かれていた時で、ちょっとした揉《も》め事で会議が長引き、義弘のレストランのオーナーが気を利かせて、義弘に作って持ってこさせたものだった。おそらく賄《まかな》いに近いものだろう、残った端肉をさっと揚げて、キャベツといっしょにパンで挟んだ簡単なサンドウィッチ。お腹がすいていたせいもあるが、それがじつにおいしかった。鏡子は食べながら思った。このカツサンドは信じられる。

鏡子が義弘を好きなことを、同じフロアのブティックに勤めていて、その頃、よく話をしていた広恵《ひろえ》ちゃんにいつの間にか気づかれていた。早く付き合いなさいよ、とたびたびせっつかれたが、どうやったら付き合えるのか、当時、鏡子には皆目わからなかった。おそらく、義弘は、鏡子のことをまるで知らない。大勢の中に紛れてしまっている。名前すら覚えてもらってない人と、どうやったら付き合えるのか。鏡子がそう訴えたら、じゃあ、合コンやってあげるわよ、と簡単に言われた。あそこのウェイター、あたし、友だちなの。ていうか、じつは付き合ってんの。頼んであげるわよ。

ほどなくして、合コンが開かれた。

レストランで働く男の子たちと、鏡子たちとで。艶子《つやこ》さんという、広恵ちゃんの働くブティックの先輩もいっしょだった。あたしたち、今日は自分のことを捨てて、鏡子ちゃんがうまくいくことだけを考えて動いてあげる、と艶子さんは言った。その代わり、次の合コンでは、あたしのことだけ考えて動いてちょうだい。わかったわね？

艶子さんは、鏡子が働いているセレクトショップの隣の美容院の店長のことが好きなのだった。

広恵ちゃんと艶子さんはほとんど遊び感覚だったから、調子よく鏡子を持ち上げ、鏡子と義弘が親密になれるようにちゃんと隣にすわらせ、最初から最後までじつにうまく取り計らってくれた。手慣れたものだった。

その後、うまくいったと知って、とても喜んでくれたのだけれども、そのうちに、だんだん呆《あき》れていったようだ。あんた、いったいいつまであの人と付き合うの？　と広恵ちゃんに不思議がられた。艶子さんには、たった一人の男で満足できるなんて信じられない、若いんだからもっと楽しまなくちゃ、としょっちゅう言われた。広恵ちゃんは、ウェイターととうに別れてべつの人と付き合っていたし、艶子さんに至っては、美容院の店長と付き合った後、そのビルの関係者三人くらいと次々付き合ったはずだ。鏡子にはとてもついていけなかった。今になってはっきり思うが、彼女たちは、鏡子とはまったく違う人種であった。あの頃どうしてあんなに親しくしていたのか、つくづく謎だ。たまたま職場が近かったせいもあるが、あの人たちはまるで、あたしと彼を結びつけるために遣わされた人たちのようではないか。二人とも、鏡子の結婚が決まる頃にはもう転職してしまい連絡が途絶えていたから、結婚の報告はしていない。仮に報告したとしても、へええ、まだ続いてたの、そりゃすごい、と物好き扱いされて終わりだったと思うけれど。

厳密にいえば、鏡子と義弘の出会いのきっかけはその合コンということになるのだが、義弘はその日、鏡子のことを、なんとなく見覚えがある、いちどゆっくり話したいと思っていた、と楽しげに言ってくれたのだったし、合コンのあと、さっそく二人で、遅くまでお茶をしたのだったし、すぐに次のデートの約束をしたのだったし、とんとん拍子で付き合うことになっていったから、鏡子は、きっかけが合コンだったことをいつの間にか忘れ、つまりなんとなく、あたしたちは知り合う運命にあったのだ、と思い込むようになっていて、だから、鏡子は、義弘が、車の中で、合コンのことを言った時、不意を衝《つ》かれ、少し動揺してしまったのだった。

そうだった、そうだった。

あたしたちも、合コンがきっかけで付き合いだしたんだった!

すっかり忘れていた、というのは、嘘で、なんとなく忘れたことにしていた、というのが正しかった、と鏡子はその瞬間に気づいてしまった。やっぱりあの合コンは、ちょっといんちきだった、という後ろめたさが、いつまでも、心のどこかに残っていたに違いない。

「ねえねえ、ちょっと訊いてもいい?」

と鏡子は、トランクから荷物を下ろしている義弘に話しかけた。「あたしと結婚してよかった?」

義弘が、眉間《みけん》に皺《しわ》を寄せて鏡子を見た。

「なんで」

「いや、ほら、あの時の合コンで知り合わなかったらあたしたち、結婚してなかったわけじゃない。後悔してないのかな、と思って」

トランクを閉め、荷物を抱えた義弘が歩きだす。

「後悔とか、そういうんじゃ、ないだろう、もう」

とぶっきらぼうに言った。

「そう?」

「そりゃそうだろ、奈々もいて、だな、じいさんばあさんがいて、だな、店もあって、だな、ついでにローンもあってだな、ここで後悔してどうすんだ、って話だろう。そんなもんはな、犬に食われろ」

「犬が食うの」

「食わせろ、食わせろ」

なんだかそれじゃあ、後悔してるみたいじゃないの、だいいちなんで犬が食うのよ、と突っかかると、ばかだな犬はなんでも食うんだよ、と言い返され、どうして犬なのよ、知らないのか、知らないわよ、夫婦喧嘩《げんか》は犬も食わないんだよ、それは知ってるわよ、だから犬はそれ以外は食うんだよ、なに適当なこと言ってんのよ、どうせ今思いついたんでしょ、と言い合いをしながら、外階段を上がって家に入ると、伊都子がリビングでテレビを見ていた。

「あら、お義母さん」

お帰りなさい、と立ち上がった伊都子は、いえね、奈々は今しがた寝たんだけど、そろそろ帰ってくるかなあ、と思って、待たせてもらっちゃった、と言い訳をした。

伊都子には内緒にしておくつもりだったのだが、話しておいた方がいい、と義弘が言うので、合コンのことを事前に伝えておいたのだった。当然、首尾が気になったのだろう。あまり期待をもたせないように軽く伝えたのだけれどうまくいかないものだ。

「で、どうだった?」

と伊都子が訊いた。

「どうって言われても、どうだっけ?」

と義弘を見るが、義弘は、え? なに? と話を聞いてなかったふりをして、上着を脱いでいる。

期待をこめた目で伊都子に見つめられ、鏡子は仕方なく笑顔らしきものを作った。

「なかなか難しいものですよね。見知らぬ同士ですしね」

すると、伊都子が、ああ、そう、やっぱり、とため息をついてすわりこんだ。さっき、奈々に、今日は歩おばちゃん、合コンなのよね、って口すべらせちゃったのよ、そしたら、奈々ったら、おばあちゃん、なんかうきうきしてるみたいだけど、歩ちゃんがそういうところへ出かけていくのはネタ集めだから、あんまり期待しない方がいいよ、って、やなこと言うのよ、だけど、思い当たる節がないわけでもないし、どんなものかしらねえ、と気になってたわけ、ああそう、やっぱり、そう。だめか。

いくらなんでもネタ集めってことはないと思いますけど、歩ちゃん、まんざらでもなさそうでしたし、と弱々しく返しつつ、とはいえ芳《かんば》しい成果が上がらなかったのは事実なので、まあまたこういう機会があったら歩ちゃん誘いますから、とことさら大らかな口調で伊都子を宥《なだ》めてみたが、伊都子は、ううん、わかってるの、だめだめ、もうだめ、本人にその気がないんじゃ何回やったってだめに決まってる、周囲がよかれとお膳立てしたって、本人があああじゃあね、と沈んだ声を出した。

それはたしかにそうかも、と鏡子は思ったが、そんなことを言ったらますます伊都子を落ち込ませそうなので、でもお義母さん、本人にその気がなくったって、うまくいく時はいくものなんですよ、と心にもないことを言ってみた。するとなぜか、伊都子が反応するより先に義弘が我が意を得たりという顔で、そうそう、合コンなんて、そんなもんなんだよ、友達増やそう、くらいの軽い気持ちで参加した時の方がうまくいくものなんだから、な、鏡子、と鏡子の顔を見たのだった。

ぽかんとしていたら、義弘が、な、そうだろ、そうじゃないか、と自信たっぷりに頷きかける。

楽しいことばかりの結婚生活ではなかったけれど、正直言えば後悔したことだって、あるにはあったけれど、な、そうだろ、そうじゃないか、と当たり前のように口にする義弘の顔を見ていたら、あたしはやはりこの人と結婚してよかったのだという思いがふいにこみあげてきて、鏡子は涙が出そうになってしまった。

うん、と頷きながら、自分はなんて幸せなのだろうという、もしかしたら、これほどはっきりそれを実感したことはなかったんじゃないかというくらい、温かい気持ちに包まれ、身体がふわりと軽くなったようだった。歩には申し訳ないが、こんな気持ちになれたのも、今夜の合コンのおかげだ。そして、元を辿《たど》れば、あの、大昔の、合コンのおかげだ。合コン万歳！ いんちきだろうとなんだろうと、うまくいったんだから、いいじゃないか。この人だってそう思ってくれてるみたいなんだから、それはそれでいいじゃあないか。

「だいじょうぶですよ、お義母さん」

と鏡子は力強く声をかけた。

「歩ちゃんが、万一、あのまんまで、お嫁にも行けなくて、将来、ものすごーく困ったことになったとしても、あたしたちがついてますから。あたしたち、歩ちゃんをちゃんと支えていきますから。安心しててください。だいじな義妹《いもうと》なんですから。あたし、約束しますから」

義弘も、兄らしい顔で、伊都子に言う。

「そうだよ、母さん、いざという時にはおれたちがいるんだから、そう気を揉むことはないよ。歩だってもう、一人前の大人なんだから」

伊都子はちょっとびっくりしたのか、目を丸くして、しばらく二人を見つめていたが、やがて、そうよねそうよね、とつぶやき、満面の笑みを浮かべて、ありがとう、と礼を述べた。そうして、ふと鏡子に向かい、わたしね、子育て下手《へた》なのよ、と真面目《まじめ》な顔で続けた。歩はあんなだし、この子だって、大学途中でやめちゃって料理人になるなんて言いだして、一時はどうなることかと、はらはらしたものだったけど、この子に関して今はもう、なんにも心配してないの、それどころか、安心していられる、それもこれも、鏡子さんのおかげだわ、と笑いかけた。

ええ？　ほんとですか？　と素《す》っ頓狂《とんきょう》な声をあげたら、伊都子に、感謝してるのよ、とやさしく言われた。

ああもう、ほんとに、歩ちゃんのことくらい、あたしがなんとでもしますから、と心の中で、あの時、鏡子は、自分の単純さに多少呆れつつも、強く強く思ったものだったのだが。

のちに、鏡子は腰を抜かすほど驚くことになる。

あの日、歩に出会いはあったのだった。しかも、その時刻、すでに進展をし始めていたのである。

鏡子の目は節穴だった。

まったく合コンとは侮りがたいものだ。

この夜の鏡子たちは、そんなことになっていようとは、むろんまだ誰一人、気づかぬまま、ただほんのりと、いい気持ちで、鏡子と義弘は、帰っていく伊都子を見送ったのだった。

2

この部屋は汚いか？　と歩は自問する。

べつに汚くはない。

女らしさや愛想はないが、不潔ではない。

オタク部屋と言われたら否定できないし、ようするにこんなの子供部屋だ、と言われたら頷くしかないが、こういう生活がしたかったのだから、まったくもって恥じることではないと、むしろ、誇らしくさえ思う。これほど自分の欲望に忠実に、自分で自分を裏切らなかった三十五歳がいるだろうか。

そりゃ、どこかにはいるだろう。いるだろうが、間違いなく、わたしもその一人なのだ、と思うと、歩は心からうれしい。あんまりうれしいから、姪《めい》の奈々に時々、自慢する。夢は叶う、と。そうだ、これが歩の夢だったのだ。好きなものに囲まれ、やや自堕落に暮らす。好きなことを仕事にして、たいして稼げなくても、ぎりぎり暮らしていけたらそれでいい。貧乏といえば貧乏だが、金持ちになりたいわけじゃない。死なない程度の稼ぎで十分。そしたらあとは全部が自由時間。建設的なことは何ひとつしない。こんな暮らしが夢だったのだ。頭がおかしいんじゃないか、と言うやつもいるだろう。いたってかまやしない。他人から後ろ指差されようと、わたしはわたしの道を行く。

合コンで初めて会った戸倉という人は、歩のことを知っていた。

びっくりした。

合コンなんて、どうせろくなやつが来ないと思っていたのに、歩がむかし関わった、ゲームのノベライズを読んでいた。あれを読んでいるっていうことは、こいつもおそらく同じ穴の狢《むじな》だな、と思ったら、すっかり気分がよくなった。それで、いくつか餌《えさ》を投げてみると、予想通りしっかり食いついてくる。やっぱりな。なかなか面白そうなやつかもしれない、と興味は湧いたものの、メアドの交換までは、と躊躇《ためら》った。そっちに話がいきそうになると微妙に逸らし、そのような己の（それからもしかしたら相手の）欲望には気づかぬふりをした。そしたら、いろんなヒントを送ってきた（気がした）。歩も参加していると話したばかりのオンラインゲームでの居場所、キャラ、キャラの特徴。ツイッター。マイナーなSNS。フェイスブック。どこかに接触してこい、ってことなんだな、と推測したが、素知らぬ顔で、他の参加者にわからないようなゲーム批評や、漫画やアニメの話でごまかした。こういう場所で誰かと親しくなるなんて、こっぱずかしいったらない。だいたい、兄貴の店で開かれた合コンなのだから、首尾は親にも筒抜けになる。そこのところを歩はいちばん警戒した。せっかく結婚その他を、やっとのことで諦《あきら》めかけてきた親に、いまさらあらぬ期待を抱《いだ》かせたら、あとで余計な悲しみを与えるだけだ。ともかく注意するに越したことはない。

義理の姉に服や靴を見繕《みつくろ》われ、いつもと違う恰好でいる自分が気恥ずかしくもあった。

この恰好はわたしであってわたしでない。

これは偽物のわたし。

きっとこの戸倉という人も、誤解している。

それもいやだった。

そもそもこういう生々しい感じの合コンという場面で知り合った、というのもなんかすんごくいやなんだよなあ、と歩は思うわけなのだった。


それにしても、なぜ、合コンになど参加してしまったのだろう。

歩に話を持ってきたのは義姉《あね》の鏡子だ。

彼女とはわりと仲がいい。いや、仲がいいというほどではないが、兄嫁という、それほど近くはない、有《あ》り体《てい》に言えばやや煙たくもある立場の人にしては、よく話をする。彼女は実家からの届け物（おもに食べ物）を持ってきては、お茶していく。この義姉は、自分の半径数十メートル以上のことには興味がないような人で、世界がうんと狭い。それを不満に思わない無精なところが歩と似ていなくもない。……と歩は思っているのだが、義姉自身はそのことに微塵《みじん》も気づいていないであろう（そして歩もそれを指摘するつもりはない）。

歩ちゃん、来週の金曜に、うちのお店で、お客さんに頼まれた合コンを開くんだけどね、女子が一名足りないのよ。ついては歩ちゃん、参加してもらえないかしら。すごく真面目な合コンだから。

真面目だろうとなんだろうと、当然、答えはＮＯだ。

だがしかし、その件は事前に兄から根回しの電話を受けていた。

だからどうしてもＮＯとは言えない。

すまんな、歩、お前の承諾を得る前に、常連客に妹が参加すると言ってしまったのだ。ここで不参加ということになると、店の印象も悪い。鏡子も張り切っていることだし、うまい肉も食わせてやる。小遣いだってやる。バイトだと思って付き合ってやってくれ。

実の兄にそこまで言われたら歩だって断れない。

七つ違いの兄は、子供の頃から歩には怖い存在であった。べつに暴力を振るわれたり虐待されたわけではないので、たんに年齢差ゆえだと思うが、幼い頃の刷り込みは今もって健在らしく、（それがたとえ電話だとしても）面と向かって兄には逆らえない。父親や母親なら、逆らわなくともスルーするやり方をすでに習得しているので困ったことにはならないが、兄はどうも苦手なのだ。あまりにも正面切ってやって来るのでスルーの仕方がわからない。兄の方は、妹に怖がられているのをあまり感じていないようで、それもまた事をややこしくする。

わかった、と歩が答えると、じゃ近日中に鏡子が行くと思うからよろしくな、と電話が切れた。

うううう、と電話を切った後、歩は唸った。

合コンだと⁉

このわたしにそんなものに出ろだと⁉

兄に直接言えなかった言葉がこれでもかと臍《へそ》の下あたりから湧きだしてくる。

なんてことだ。

三十五にもなってなぜ合コンになど！

冗談じゃない。わたしのことをなんだと思っておる！

そんなものに付き合わされてたまるかってんだ。

自慢じゃないが、わたしはこれまで、そんなもの、ことごとく断ってきたんだぞ。

なめんじゃねーぞ。

ったく、そんなもんに参加させてどうしようってんだ。

なんでほっといてくれないんだよ。静かに暮らさせてくれよ！

だいたい結婚願望もパートナー願望もぜんぜんないっつーのに合コンなんていらねーんだよ！

あっさり承諾してしまった自分自身に猛然と腹を立て、あんまり悔しかったので宇佐《うさ》に電話した。

歩はそういう時、宇佐に電話する。

仕事関係者やオタク仲間や女友達にこの手の話は絶対しない。弱味を握らせるだけだから。

こういう話は宇佐にかぎる。宇佐のみにかぎる。

「もしもーし、宇佐？」

「宇佐」

「あーもう宇佐、聞いて。わたし、合コンに出なくちゃならなくなっただよー」

宇佐は、ほー、と曖昧《あいまい》な声を出した。

この男は歩の元彼だ。

歩が付き合った唯一の男。

一瞬でも歩が結婚について考えたことがあったとすれば、それは宇佐と付き合っていた大学生の頃だ。

「合コンに出ろって兄貴から電話があって。なんか断れなくて。ようするに断りそこねちゃったんだよー。あー、もう、ほんとに、腹が立つ。めちゃめちゃ腹が立つ。こんな自分が情けないっす。むしゃくしゃするったらないっす」

「なんだよ合コンくらいで大袈裟《おおげさ》だな」

「だって合コンだよ？　合コンに出るんだよ？　このわたしが」

「出たらいいやんか、合コンくらい。減るもんでなし。二時間かそこら死んでろや。それで終わりじゃ」

「でもなんか、ヤじゃん。品定めされるみたいで」

「あほか。たかが合コンくらいでなにが品定めじゃ」

宇佐は、かっかっか、と豪快に笑った。あいかわらずおまえは自意識過剰やのう、と言って。

二つ年上の宇佐とは大学三年の頃から二年近く付き合った。

付き合いだした時からすでに宇佐は建築機材メーカーで働いていて、どことなくおっさん臭かった。顔とか、雰囲気とか。知り合った経緯《いきさつ》を説明すると長くなるが、ようするに、宇佐は歩の大学の先輩で、就職説明会にOBとして就活体験談を語りにきていた時に、学食で歩と一悶着《ひとちゃく》あり、一週間後にもう一度会うことになり、それがきっかけで二年も付き合ってしまったのだった。

付き合ってくれ、と言ったのは宇佐の方で、別れてくれ、と言ったのも宇佐の方。付き合ってくれと言われた時はびっくりしたが、別れてくれ、と言われた時はびっくりしなかった。なんとなく、予感があったから。

付き合っている間は楽しかった。見てくれは悪いが、宇佐はさっぱりしていて、いつでも前向きだったし、ごちゃごちゃうるさいことは言わないし、放っておいてくれるところは放っておいてくれる、束縛の少ない、付き合いやすい男だったのだ。歩のちょっと変わってるところも、あまり気にしなかった。普通の女として扱った（そんな経験は初めてだった）。だからまあ、歩も多少譲歩した。宇佐の友人に会う時には、まあまあ普通に見えるくらいにはちゃんとした恰好をしたし、世間並みの会話もした（つもりだ）。宇佐が株で思いがけず儲けた時には、高級レストランや高級温泉旅館に連れて行ってもらったし、宇佐の休みには韓国や台湾（これは安宿だったが）にも連れられて行った。避妊に失敗してすわ妊娠か、という笑えない騒動もあるにはあったが、そんな時でさえ、歩はどうにかなるさ、と大船に乗った気持ちでいられた。結婚がどうとか、そういうことではなく、どういう時でも安心していられるような、宇佐というのは、ようするに大きな乗り物みたいな男であった。

だがしかし、宇佐には女がいた。

歩と付き合っている間、ずっといたのか、いなかったのか、宇佐はそれを否定する（歩と付き合っている間は切れてたよ）けれども、ともかく長い付き合いの女がいたのである。

宇佐が高校三年の時に通っていた予備校の受付にいた女だ。

十六も年上の女。

たしかに宇佐は大柄で、おっさん臭い顔をしているから、高校三年の頃だって、そんなに年下には見えなかったろう。だけど、だったら、おっさん臭い高校生を相手にしなくたって、ただのおっさんにしとけばいいじゃないか、と歩は思う。ちょっとした悪戯《いたずら》心で手を出したのだろうか。そしたら嵌《はま》ってしまって抜け出せなくなってしまったのだろうか。やめときゃいいのに。

だって、その女には夫がいた。

夫どころか子供もいるらしかった。

それなのに、何年も何年も宇佐とくっついたり離れたりして付き合い続けている。

もうほんと、男と女って、どろどろのぐちゃぐちゃで気味が悪いったらありゃしない、と歩はその事実を知った時、正直、鼻白んだ。

歩がそれを知ったのは、宇佐が別れ話をした直後である。

宇佐の部屋に置いてあった私物を取り戻そうと訪ねて行ったら、てれてれした部屋着を纏《まと》った女がいきなり現れ、にやにやしながら歩を見た。だれ、このおばさん？　と思ったら、それが宇佐の恋人だった。驚いたのなんの。別れた後だし、文句を言える筋合いではないと頭ではわかっていても、慣れとは恐ろしいもので、ついうっかり恋人気取りで、だれなのこの人、と憤慨しながら宇佐を問いつめると、あわてた宇佐が歩を部屋から追い出し、あとではなす、とだけ言った。そうして、そのあと、詳しく聞いたのである。なにからなにまで。

まだ別れて一週間と経《た》っていない時に、だ。

それでまあ、思いっきり白けてしまったら、それがどう作用したのか、それから後も、宇佐とはたまに連絡を取り合う、おかしな関係が続いてしまったのだった。

怖いもの見たさ的に、宇佐とあの女のことが聞きたいという、ふつふつと湧き起こる奇妙な（としか言いようのない）欲望もあって。

いつ夫にばれるんだろう、いつ修羅場がやって来るんだろう、と半分くらい期待して聞き続けたのだが、そんな日はちっともやって来なかった。不倫って、こんなにもバレないものなのか、と歩は逆に驚いた。こんなにだらだら続けられるものなのか。もしくは、そういうスリリングな関係の方が長続きするものなのだろうか。ともかく、宇佐はそれから十年以上、この女と付き合い続けているのである。

「宇佐ってすごいよねえ」

「なにが」

「宇佐、いくつになった」

「なんでいきなりそんなところに話が飛ぶんだ。三十七だよ、三十七。誕生日がきたら三十八」

「来月だね、誕生日、あの人といっしょに過ごすわけ？」

フン、と鼻で笑われた。なんかすごく優位に立たれてる感じがして歩はちょっとむかつく。

「ねえ、宇佐は合コン、出たことある？」

話を戻して歩が訊くと、宇佐は、忘れた、と答えた。昔々、出たことがあったような気もするが、ここ十年はないなあ、とのんびりとした声。

「それはなに、女に不自由してないから？」

「不自由もなにも」

と宇佐はふと息をついた。「だっておまえ考えてもみろよ、おれがいまさら他の女と付き合えると思うか？　思えないだろ？　なんだかんだでおれたち二十年の付き合いになるんだぜ。ここまでくると、他の女なんてめんどくさいだけじゃないか。もうなにもかもわかってくれてるしな。あんな女はもういない。作ろうったってかんたんには出来ない。あれこそ、おれのファム・ファタルってやつだったのかもしれないな」

「ファム・ファタル。運命の女」

「ああ」

あのおばさんが。と、歩は言いかけ、ぐっと黙る。代わりに訊く。

「あの人、いくつになったの」

知ってるけど、わざわざ訊く。

「五十三」

と宇佐が答えた。なんの躊躇いもなく。つまり、宇佐にとって、彼女の年齢はまったくどうでもいいことなのだと歩は理解する。いや、もうとっくに理解しているのだが、何度も確かめているのだ、それが本当なのかどうか。

「宇佐、結婚しないの」

「しないだろ」

「なんで。結婚したくないの」

これは初めての質問だ、と歩は思った。合コンという刺激で触発された質問なのだろう。

「家庭があるしな」

「家庭」

「そう、家庭」

「向こうに」

「うむ、向こうに。それは尊重しないと」

「尊重」

「うん。だいじだろ、尊重」

「うん、だいじ」

なんかちょっとおかしい、と思うが歩は納得してしまう。宇佐と話しているとこういうことがよくある。丸め込まれるわけではないが、そういう考えもあるんだな、と認めてしまうわけだ。

「おまえはどうなんだ。どうすんだ。いいのか、ずっとこのままで」

「……たぶん」

「……たぶん」

　宇佐がそっくりそのまま歩の口調を真似て言った。かちんと来る。

「宇佐に関係ないじゃん」

「は？　なにが」

「わたしの人生、宇佐になんの関係もないでしょ」

「ないよ」

「だったらそんなこと訊くことないじゃん。いいよ、わたしはこのままで。ずっとこのままで。いいでしょ、このままだって。なにがいけないっていうの。このままでわたしはじゅうぶん満足だよ」

　歩が訴えかけるように宇佐に言う。

「ふーん」

「なに、ふーんって。なに、その、ふーんって。なんかヤな感じ」

「だっておまえ、いいのか、それで。四捨五入するとすでに四十だろ」

「なんでわざわざ四捨五入すんのよ」

「四十になっても嫁の貰《もら》い手あんのか?」

「だからまだ四十じゃないって」

「すぐ四十だって」

「だからそれがなんだっつうの。貰い手なんて屁の河童《かっぱ》だね! なんでこのままじゃだめなのかって話だよ。宇佐だって一人なんだから、おんなじじゃん。なに偉そーに。宇佐に責められる筋合いはないね」

「責めてないし。いいじゃないか、合コン」

「よくない」

「なんで。おまえ、なに、そんなに、びびってんだ。べつに合コンにびびってる年でもなかろうに。堂々と合コンに出て男だましてこい」

「だます。なんでだますの」

「だっておまえ」

宇佐がくつくつと笑った。「だまさなけりゃ、男は逃げる」

「逃げる? 逃げるってわたしから?」

「おれも逃げたくらいだ」

「えっ」

歩は絶句した。逃げた? 宇佐はあの時逃げたのか?

宇佐は、かっかっか、と笑った。やけに楽しそうに高らかな声をたてて。そしてそれは、むしゃくしゃするくらい明るく、よく耳に響いた。

あんた逃げたの、あたしから、と言いかけて歩は踏みとどまった。今そんなことを問い質《ただ》してなんになる。十年以上前に別れた男になんと言われようと気にすることはない、そう自分に言い聞かせた。

「出るよ、合コン」

と歩は言った。「出てやろうじゃんか、合コン。だまさなかったらほんとに逃げられるのかどうか試してきてやる」


外見はかなりだましてしまったが、その点については、義姉の仕業《しわざ》だから歩としては致し方ない。

だからせめて、その他は精一杯率直に対応した。

とくに取り繕うでなく、猫を被《かぶ》るでなく、飾らず、いつも通りに。

そういう意味では非常にやり遂げた感はあった。出てきた料理も完食した。兄貴の料理を食べるのは久しぶりだったが、確実に腕を上げていた。なにより肉のうまさは天下一品だ。どの程度のランクの肉なのか知らないが、この値段でこのうまさなら、客は満足するだろう。素晴らしい速さでステーキを平らげながら、兄貴やるじゃんと歩は思っていた。いつ潰《つぶ》れるかと危《き》惧《ぐ》していたが、これなら当分大丈夫だ。料理の見せ方も前より格段にうまくなっている（これは義姉のおかげかもしれない）。サラダやデザートも手抜きがないし、ハウスワインもまずまずおいしかった。普段酒を飲まない歩だが、飲もうと思えばそこそこ飲めるんだ。知らない人たちに囲まれてちょっと緊張していたからかもしれない。歩はごくごく飲んだ。あるいは、場違いなところにいると感じるたびに思い出される内なる後悔を封じ込めておくのに酒の力が必要だったのかもしれない。グラスシャンパン。白ワイン。それから赤ワイン。顔に出ないから、多少酔っぱらっていても、あまり心配されない。お開きになってタクシーに乗り、とっとと帰ってきたのは、酔っぱらっていたせいではあるが、兄夫婦とはなにも話さないまま店を出たと気づいたのは帰宅してからで、あー、しまった、あんなにお世話になったお義姉さんにお礼くらい言ってこなくちゃいけなかった、大人なんだし！　と声まであげたが遅かりし。ふらふらとキッチンに行って冷蔵庫を開けミネラルウォーターのペットボトルを取りだし、シンクの端に左手をつき、一気飲みして喉をうるおした。けけけけけけ、となぜだか腹の底から笑いがこみ上げてくる。すました女、すかした女、男も同じ。すかした男、すました男。あー、しゃらくさい。なんだろう、あれ。あれが大人ってもんなのか。水面下で小さな駆け引きがあれこれ行われていた気がするが、途中から歩は戦線を離脱していた。いや、戦線は最初から離脱していたが、聞き耳を立てるのさえ、億劫《おっくう》になったのだ。勝手にやってろ。歩は一人で勝手なことをしゃべっていた。いやいやいやいや。勝手じゃない。あの戸倉氏が相手になってくれたじゃないか。いやいやいやいや。相手になってくれたというか、あいつも同じ穴の狢だから浮いてたんだよ、あの場所で。だから相手になってやったのはむしろ、わたしの方だ。ありがたいと思え、戸倉。

戸倉氏の顔を思い出そうとしたが嘘のようにきれいさっぱり忘れていた。こんこん、と空《から》のペットボトルでこめかみを軽く叩いてみる。

戸倉氏どころか、テーブルを囲んだ残りの四人の顔も、ぼんやりと輪郭がとけているみたいに誰一人きちんと思い出せなかった。

ほぼ三時間、いっしょにいたというのに。

なんてことだ。

じゃあ、あの三時間はなんだったのだ、と歩は思った。いっしょにいたのに、なにひとつ、残っているものがない。これじゃあ、あそこへいかなかったも同じではないか。

うーん、と歩はやや酔っぱらった頭で考えた。いなかったのか、わたしはあそこに。

そんなばかな。

ばかな、っていうか、わたし、ばかみたい。

なんだかなあ、と今度はペットボトルを頭にのせる。

んなわけないでしょうが。三時間もあの椅子にすわってたのに。

わたしはいた。いましたとも。

そしてほとんど条件反射のような動作で机上のパソコンを起動したのであった。

戸倉氏に接触を試みるために。

少し迷って久しぶりにマイナーなＳＮＳへアクセスした。戸倉氏に接触する方法としてはこれが一番簡単で無難だと判断したのである。このＳＮＳは仕事仲間が多く参加しているラノベコミュでの情報交換用にアカウントを残してあったもので、最近はほとんど使っていなかったが、こんなところで役に立つとは思わなかった。

戸倉氏のアカウントはたしか、下の名前にX、と言っていた。下の名前……。戸倉という名字はしっかり記憶していたが、しかし、下の名前となると……。自己紹介の時、あの人は、なんと名乗ったっけ、と歩は記憶を搾《しぼ》りだす。戸板の戸に倉庫の倉で戸倉、と言ったその後。長い名前だった気がする。ええと、戸倉、戸倉、戸倉……戸倉ユウイチロウ。そうだ、戸倉ユウイチロウだ。どういう字って説明したっけ。にんべんに……。にんべんに右。そうだ、にんべんに右。それからええと、イチロウはふつうのイチロウってたしか言ってた。普通のイチロウ……？　普通のイチロウって、一郎、だろうか。合ってるかな？　名刺、もらっておけばよかった、と歩は思う。名刺交換している人もいたように記憶するが、歩は知らん顔していた。隣にすわった住井瀬莉からは、席について早々にさりげなく渡されたが。すうーっと彼女の腕が伸びてきて、流れるみたいに名刺が歩のところにやって来た。あわてて、あのわたし名刺持ってないんですけど、と応えたのだが、いいのいいの、もらっておいて、と明るく笑いかけられた。バッグから瀬莉の名刺を取りだし眺めて初めて気づく。ここにメアドがあるじゃないか。そうか、この手があったのか。仕事でもないのに名刺なんてと怪訝《けげん》に思っていたが、こういう意味があったわけか。なるほどー、ってつまり、こういうところがズレているんだろう、自分は、と歩は激しく納得しながら名刺を抽斗《ひきだし》にしまう。戸倉佑一郎。記憶は合っているだろうか。合っているとしよう。すると、彼のアカウントは、佑一郎X。なんじゃそら、という間抜けなアカウントだが、歩だってろくでもない名前で登録してあるから人のことは言えない。

おつかれさまでしたー。

とメッセージを送ってみる。

あーと、今日、エルドラマシーンについて語っていた、真向かいにいたやつです。

と付け加えた。この送り先がはたして本当に戸倉氏なのかいまいち確信が持てないから、あまり余計なことは書かない。おそるおそる送信する。

十五分後に返事が来た。

エルドラマシーン、好きだけど、どっかひっかかる、とずっと思っていたので、今日はじにすっきりしました。どうもありがとう。やっぱあれか、チワユの描き方がモンダイか。言われてみればなるほど納得でありました。~戸倉佑一郎。

おおっと歩は声をあげた。

わたしの言いたかったポイントをはずしていない。そうそう、そこだよ、そこ。いいよ、戸倉。わたしが言いたかったのはそこなの！　だらだらしゃべったから伝わんないかと思ったのに、こいつ、ちゃんと理解してくれてんじゃん。そうだよ、エルドラのモンダイはそこなんだよ！　いやー、うれしいよ、戸倉。

歩は少し興奮した。

なかなかこんな話の出来る友達に出逢えるものではない（しかも初対面で）。そのうえ歩の感覚と戸倉氏の感覚はどうやらかなり近いようだ（エルドラに関しては）。

歩の指が勝手に動く。頭でなにも考えていないのに、素早くタイピングされた文字がモニターにずらずら調子よく並んでいく。

ついでに言うならバラクナイトのスケルツォも世界観ぶちこわしの一例だよね。あれもさ、途中でキャラが微妙に変わっちゃってんだよ。シシーが善を担いすぎちゃったせいもあるとは思うけど。ああいうとこ、甘いよね。変えていってもいいところはもちろんあるけど、あういうキモを変えちゃだめじゃんね。ぜんぜんわかってないよー、あれはだめだよー。どっちかって言うと、エルドラよりこっちの方がだめになっちゃった感あり、って思うわけです。

佐藤歩。

ぴっ、とメッセージを送って、ワンピースを脱ぎ、部屋着に着替える。喉が渇いて仕方がないので、もう一本ミネラルウォーターのボトルを出してきて三分の一くらい飲み、尿意を催したので急いでトイレに駆け込み、あわててパソコンの前に戻ってくる。エルドラ以外でもこの人との感覚は近いのだろうか、といくぶんそわそわしながら返事を待つ。

返事が来ないわけがない、となぜか歩は確信しているので、パソコンの前で微動だにせず、腕組みしながらモニターを凝視し続けている。

そして確信通り、すぐに返事は来る。

同感です。スケルツォ、たしかに最初はあそこまでエグくなかったはず。もっと悩んでるキャラだったたし。や、でも極端に暗かったか、暗かったな。暗かったけど。しかし最近のバラクのあの退廃ぶりは違うだろうと僕も思う。そこが受けてるっていわれてもなあ、なんか拙者《せっしゃ》はついていけぬ。って感じだ。って偉そうなこと書いてるけどじつは最近のことはあまり知らない。ゲームもアニメも中途半端。仕事が忙しくて、とにかく時間がない。時間を作るために会社移ったのに、気づいたら前と同じになってるw。時間がない！　時間がほしい！　トクラ。

時間ねー。わかるよー。時間がないってのはねー、つらいよー。って、わたしの場合、時間はあるんだけどねー、この不況で仕事自体が減ってきてて、そうなると、経済的にはたいへん苦しくて、もー、もとから低空飛行、ただでさえ超低空飛行なのに今やもう、墜落すれすれになってきてまじやばいっすよ。ばりやばっす。時間がありすぎるフリーランスも辛いっすよ！いまさら就職なんて無理だし。てか、人生ってむずかしいっすね！　アユミ。

すらすらと、ろくに考えず返信する。

するとまたすぐ返信が来る。まるでチャットのようになってきた。この速さ、おそらく戸倉もろくに考えず返信しているのだろう。

たしかに難しい！　辛《つら》いっす、辛いっす。いやもう、この年になっても辛いことばっか(泣)。社長にはこの御時世にこれだけきちんと仕事があって、じゅうぶんなサラリーをもらえるだけありがたいと思え、とよく言われるんだがw。それはそれ、これはこれでしょう、と。声を大にして言いたいね。言わんけど。うちの社長、ワンマンなんで(苦笑)、へつらっとくのが無難って感じの旧人類なんで。悪い人ではないんだが。ちなみに今日の会費は社長持ちデシタ。あー、食った、食った。うまかった。ステーキ（お兄さんの店、なんだよね？　うまかった！）、サイコーでした。ごっそーさん。トクラ。

ふっふっふ。わたしも会費出してないYO～！　ついでに洋服代も美容院代も出してないっ！　三十五にもなって独り身の妹を心配した兄夫婦の全額持ち。もー、まいったよー。かっこわる～。あんな服、着たことない、っつーの。アユミ。

〉三十五にもなって独り身の妹を心配（笑）。同じく。三十五にもなって独身じゃあ、一人前とはいえない、とのことで（↑社長談）急遽《きゆうきよ》参加させられました。ちゃんとしたかっこうで行けと厳命されていたので、あのような感じに。わりとまともに見えたんでわ。おし、嫁を見つけてこい、そして一人前になるノダ、その年で独身は恥ずかしいぞ、などなどと社長に尻を叩かれ会社から送り出されますた！　まじか!?　いまどきそんなことを言われてもだな。苦笑。トクラ。

数時間のうちに歩と戸倉は短いやり取りを繰り返し、お互いの状況がだんだんわかってきたのだった。歩同様、戸倉も社長命令を断れなくて合コンにいやいや参加したということ。歩と同じ年であることはもちろん、兄弟や家族のこと。仕事のこと。戸倉は饒舌《じようぜつ》だった。食生活がむちゃくちゃなことや、仕事はフレックスなのでかなり夜型になっていて不規則であるということや、通勤は自転車だということや、夜中に走っていて何度も職質されたということや、子供の頃犬を飼っていたということや、田舎は下関であることや、乗り物酔いするということや、貯金はほとんどないということや、風呂が嫌いということや……。そんなことどうでもいい、どころか、そんなことまで知らせる必要がどこにある？　っていうか黙っていた方がよいのでは？　というようなことまで。開けっぴろげに書いてくる戸倉につられて歩もそこそこ饒舌に書いた。ネットで知り合った人だったらどこかでブレーキを踏んでいただろう。けれども戸倉とはすでにリアルに会っている。それに、とりあえず身元を保証されていることによる安心感もあった。

とくに恋愛を意識していたわけではまったくない。

むしろ恋愛を意識しなくていい相手だ、というのがアクセルになった気さえする。

どこかとても無責任に、気楽に、書きたいことを書き殴った。それはとても心地よかった。

見ず知らずの相手でもなく、宇佐のように近すぎる人でもなく、程良い距離が歩には語りやすかったのだろう。

翌日以降もそれは続いた。

さすがに初日ほどの勢いとスピードはなくなっていったが、それでも頻繁と呼んでかまわないほどのやり取りが続いていった。

宇佐に報告すると、なんじゃそれは、と呆れられ、おまえはあいかわらずおかしなやっちゃのう、と感心された。

「なんでよ?」

「そんな変わった報告をおれにされてもだな。それはなんだ？　いちおう合コンの成果なのか？　ちがうよな?」

「えーなんでよー？　これは立派な成果でしょうが。わたしが本性さらけ出しても逃げられないってことの証明じゃないの。せっかくだから報告しとかないと」

ぷっと宇佐が噴きだした。

「なんで笑うの」

「そんなのまだわからんじゃないか。まだ成果とまでは言いきれないだろう？」

「どうして？　だってもうひと月くらい毎日メール交換してるんだよ？」

「だから？」

「逃げられてないってことじゃん」

「そうかー？」

「そりゃそうでしょう」

「でも会ってはいないんだよな？」

「いないよ」

宇佐が含み笑いをしながら甲高《かんだか》い声で、それじゃあなあ、と言った。

「残念ながら、それでは実体がないと判断せざるをえない。はっきり言って、そんなもんは、いわば幻だ。おまえはつまりマボロシを相手に話をしているだけだ」

「失礼ね。幻なんかじゃないわよ、ちゃんと会ったことあるんだから。いっしょにごはんだって食べたんだから。わたしは実在の人物を相手にしてるの！」

「好きなのか」

「え？」

「そいつのことが好きなのか」

訊かれて歩はぎょっとする。そこのところだけ、突きつめて考えていなかった、というか、突きつめて考えるのを拒否していた。わからないから。考えてもたぶんよくわからないと自分自身わかっているから。ぐっと目をつぶり、あえて曖昧なままにしていた。そこを突っ込まれたら、口ごもるしかない。

「やっぱりな」

自信満々な宇佐の声が鼻につく。なにか言い返したいがなにも言葉が出てこない。歩は、ふん、と鼻を鳴らした。そんなちっぽけな抵抗しか出来ないのが悔しくてならない。

「そんなことだろうと思ったよ。まあいいじゃないか。それすら進歩といえば進歩だしな。それが合コンの成果っていうんならそれでもよかろう。そういうので十分うれしいんだろ？　だったらそれでいいんだよ。べつに文句を言いたいわけじゃない。幸せなんて人それぞれだ」

「宇佐、ばかにしてるんだね」

「してないよ」

「してるよ。あんたはいま、わたしのことをばかにしてる」

ゆっくりと言い放った。言ってみたら、いま、急に思いついたことではなく、ずっと堰《せ》き止められていたものだったような気がしてきた。

「してないよ」

ややうんざりした声で宇佐が返す。

「いいえ、あんたはいま、わたしをばかにしてる。そうだよね？　あんたの考えてることとくらい、お見通しだよ。だけどね、宇佐。あんたがなんでわたしをばかにできる？　あんたはわたしをばかにできないよ。だって、それを言うなら、あんただって幻を見ているだけかもしんないじゃない？　そうでしょ？　ねえ、そう思ったことはない？」

「ないよ。あるわけないだろ。なに言ってんだ」

「へえ。たいした自信じゃない。きっと疑ったこともないんだね、これは幻かも、って。なるほどねー。だからこそ、あの人と二十年も続いたんだね、きっと。そこに実体がないから」

「なにをぬかす」

「愛し合ってるぜい、って、宇佐はまだ甘い甘い夢を見てんだね。まあおめでたい。二十年も夢を見続けられるなんて、宇佐、あんたって、ほんと、すごいよ」

「失礼なやつだな。おまえになにがわかる」

「わかるよ。わかる。なんかわかる。いま、急にわかった」

「わかってない。おれは夢なんか見ていない。おまえとはちがう」

「そうかな。そんなにちがうかな」

「少なくともちゃんと目を見て話している。手を伸ばせばそこにいる」

「あたしと付き合ってた時はどうだった。ちゃんと目を見て話してた？　手を伸ばせばそこにいた？」

宇佐が黙った。

歩ももう何を言っていいのかわからない。

長い長い沈黙の間、歩はぼんやりと、宇佐と付き合っていた頃を思い出していた。つないだ手の感触や、間近で見つめた瞳の色。幻だっていうのなら、あれもみんな幻だ。

「見てなかったのはおまえの方だろ」

と宇佐の声が聞こえた。歩は、はっと息を呑む。

「おまえはなあ、おれのことなんか見ちゃいなかった」

「見てたよ！」

「見てなかった。見てなかったよ、ぜんぜん！」

ばっかじゃない、とつぶやいて歩は電話を切った。


目の前にいる戸倉は、くしゃくしゃの髪に、安物のチェックのシャツ、よれよれのチノパン、くたびれたスニーカーに、大きな鞄を斜め掛けにし、自転車を引きながら歩いていた。わりと端整な顔をしている、とくに高さがある鼻の形が秀逸、というのは、横顔をしっかり眺めて発見したことで、この端整さが、とりあえずこのださださの恰好（お互い様だが）でも、小汚く見せないのだな、と半ば感心して歩は戸倉の隣を歩く。リアルで会わないことがそんなにいけないことなのか、ほんとうにはよくわかっていなかったが、べつに会いたくないわけでもない気がしてきたので、ごはん食べようよ、と誘ったら、いいよ、と返事が来て、すぐに会うことになった。戸倉の仕事が終わる頃を見計らって、歩が地下鉄に乗って指定された駅まで行った。

戸倉の職場の近くのファミレスより安くておいしいというハンバーグ専門店にいっしょに行

き、チーズハンバーグセット（これがイチオシなのだそうだ）を二人で食べた。

戸倉はこの店に三日に一度くらい通っているらしい。

あぐあぐと熱いチーズをからめたハンバーグを食べながら、めんどうだからこの店とあと二軒くらいで食事はすませているという戸倉の話を聞く。飽きない？　と訊いたら、あんまり食べ物に興味がないのかも、とつれない答えが返ってきた。当分これ食ってろ、って言われたら明日も明後日もずっとこれ食えるよ、と戸倉がフォークにのせたハンバーグを少し持ち上げながら言う。あーそういえばわたしもそうかも、と歩も言う。大量に作ったおでんやなんか、三日くらいかけて食べてるし、それでもべつに飽きないわ、と笑って付け加える。おでんとか鍋とかカレーとか、そういう系は逆に味がしみてうまくなるんじゃないの、と戸倉が訊く。なるね、なるよ、と歩が答える。超絶うまくなってる時あるし。

食べに来る？　と誘ってもいいような気がして歩はちらりと戸倉を見る。

視線を感じた戸倉もちらりと歩を見る。そしてすぐに視線をハンバーグに落とす。歩もあわててハンバーグに視線を落とす。

食べに来る？　と誘ったら、たぶんこの人はあのシルバーグレーの自転車に乗ってすいすいうちまでやってくるのではないだろうか。でもそのひと言がかんたんには口に出せなくて、歩はハンバーグを無言で食べ続ける。戸倉もしずかに食べ続ける。たいしたボリュームのハンバーグは、夜十時に食べるにはカロリーが高すぎると気づいたが、仕方あるまい。戸倉はまるで気にしてないようだし、乱れた食生活を送っているると言ってたわりに太っていない。そういえば、一日一食しか食べられないことがあると、いつだかメールに書いていた。たぶん総摂取量がそう多くならないんだろう。

この人、わたしのあの部屋に入っても、きっと全然びっくりしないだろうな、と歩は思う。それどころか、あのぐちゃぐちゃな部屋の隙間《すきま》に自分の居場所をすぐに見つけて、さっさとすわって、そのへんに積んである雑誌やなんかをしげしげ眺めだすのではないだろうか。そうして、歩が作ったいいかげんなおでんや、てきとうなカレーを、うまいじゃんと言いながら食べるのだ。シチューやポトフもいいな。これからの季節、あったまるし、野菜もいっぱいとれるし、身体にもたぶんいいよね。超絶うまくなっちゃってる時の、あの、どひゃー、っていう感動を分かち合ってみたい。まじうま、とか言ってお代わりしてくれそうな気がする。

そんな妄想を繰り広げつつ、歩は少々にんまりする。

シチューならクリームシチューがいいな。

妄想が暴走を開始する。きのこのクリームシチューなんてどうだろう。骨付きチキンのぶつ切りを入れて。あ、そうだ。シチューを食べながら、オンラインゲームをするのもいいかも。わあわあきゃあきゃあ騒ぎながら。むふ。むふふふふ。あのゲーム、リアルでしゃべりながら参加するのって、面白いよ、きっと。だってあれ、突っ込みどころ満載だもん。他の参加者には絶対秘密にしてさ。わ、やだ、なにそれなにそれ。やだもう、それって超刺激的じゃん？

ああ、ああ、ああ、ああ。

そんなことしてる二人が目に浮かぶ。

ああ、ああ、ああ、ああ、もう。もうもうもうもうもう。どうしよう。なんだかもう、頭の中がくすぐったい。

3

モテるとかモテないとか、今さら気にしても仕方がないと佑一郎は思っているのであった。

そこには、いくぶん開き直りも混じっている。

中学時代も高校時代も、さほどモテなかったわけではないはずだが、大学に入って二年目あたりから俄然《がぜん》モテなくなったのはようするに、すすんでなにもしなかったせいで、努力しないやつはある時期から途端にモテなくなってしまうのだ、と佑一郎は落胆とともに思い知ったのだった。

出足でつまずいたんだろうと思う。

大学で東京へ出てきて、モテようとする努力をいったん放棄してしまったら、そいつを蘇《よみがえ》らせるのはじつに難しい。っていうか、努力ってなんなんだ、努力って！　とまずは天に向かって文句の一つも言いたいところではあったが、佑一郎の場合、田舎育ちというコンプレックスもいくらか影響したのだろう、人の三倍くらい努力しないと都会育ちには太刀打《たちう》ちできないと思い込んでしまった。そうなるともう途方に暮れるしかなくて、あれきり佑一郎は、場外へ出てしまっていたのである。

そして気づけば三十五歳だ。

それでも若い頃はごくたまに思いがけずうまくいくことはあった。

とはいえ、そんな幸運も二十代半ば過ぎまで。

前の会社にいた頃、庶務課の女の子（三つ下）と半年くらい付き合った（社内の飲み会で知り合い、なんとなく交際に発展。あっという間に自然消滅）のを最後に彼女いない歴が早七年になろうとしている。えっ、あれからもうそんなに経ったのか、と驚くが、その間に転職したりもして、小さな会社には小さな会社なりの難しさがあり、慣れるのにも時間がかかり、慣れたら慣れたで多忙を極めていたのだから、この七年、彼女を作るどころではなかったのだ、とまたべつの言い訳もむくむくと胸の裡《うち》に湧き起こるのだった。

ちょっと佑ちゃん、あんた、なんだか薄汚れて見えるわ、いい年してやあねえ、もうちょっとこざっぱりした恰好で戻ってきてよ、ご近所に恥ずかしいじゃない、と盆休みや正月休みに帰省するたび、母親に小言を言われ続け、床屋へと追い立てられたりもするのだけれど、そして、子供の頃からよく知っているハゲの床屋にどうする？　このまま揃える感じでいい？　と訊かれ、頷くや否やぼさぼさだった髪を切られ、すうすうする襟足を気にしながら家に戻れば戻ったで、子連れで里帰りしてきた姉に、あんたなんなのそのイケてない髪、中学生じゃないんだから、こんな田舎の床屋へ行くことないじゃないの、東京で美容院へ行ったらいいじゃないの、ばかねえ、もうちょっとなんとかしなさいよ、そんなだからモテないのよ、せっかく東京に住んでんのに、とからかわれる。

佑一郎は無言でそっぽを向くのみだ。

どういう髪型がイケてて、どういう髪型がイケてないのかさっぱりわからない。

戸倉くん、戸倉くん、と女の子に追いかけられていた栄光の中学時代や高校時代だって、こんな感じの髪型だったじゃないか。いったいいつ、なにが変わったというのだろう。太ったわけでもないし、痩せてもいない。身長だってあの頃と同じだ。多少老けたかもしれないが、自分ではほとんど変わらないレベルだと思っている。まったく何故《なぜ》なんだ。栄光の高校時代、佑一郎が付き合っていたのは、一個上の、楚々とした美人だった（と佑一郎は今でも時折思い出す）坂出美奈《さかいでみな》で、大学に入った後も一年近く付き合っていたのに。こんなことなら、あのまま付き合って、結婚しておけばよかった。遠距離がめんどうという、今にして思えば、つまらん理由で別れてしまったのが悔やまれる。坂出美奈は、地元の短大を出た後、信金に勤め、職場結婚したという噂を十年以上前に聞いた。付き合っていた頃は、戸倉くんと結婚したい、それがあたしの夢、と腕を絡ませながら佑一郎に言っていたのだったが（あれはなんだったんだ）。まあ、のんびりとした、素朴ないい子だったからきっと幸せに暮らしていることだろう。

田舎で友達に会うと、戸倉はモテるからいいよなあ、と今でも言われる。

既婚者には、独身生活満喫してんだろ、うらやましいぜ、と深くため息をつかれるし、独身者には、おまえはいいよな、いつでも結婚できるだろ、けどおれは厳しいよ、おれもおまえくらいモテたいよ、と嘆かれる。

いや、おれもモテてないから、と答えるが、あまり本気にされない。

だっておまえ、むかし一個上の坂出さんと付き合ってたじゃないか、とむくれるやつもいる。そんなの十五年以上前の話だろ、と言い返すのも虚《むな》しい。

やつらには、おれがモテなくなった理由がわからないんだろう、と佑一郎は思う。だからこいつらもみんなモテないんだ、とも思う。そんななか、戸倉、おれ最近、モテるようになったんだよ、キャバクラでさ、と自慢げに言ったやつがいた。

「キャバクラで?」

声に莫迦にした感じがにじみ出てしまったのかもしれない、とあわてるが、当の牛島《うしじま》はどこ吹く風。

「おう、キャバクラで。戸倉、おまえ、キャバクラとか行く?」

「いや」

社長に連れられ、二、三度行ったことはあるが、面倒くさいから黙っていた。

「いっしょに行く?」

「いや、おれはいい」

「なんで」

「なんで、って、べつに行きたくないし」

「おれがモテるところ、見たくないのかよ」

モテる? キャバクラで? と怪訝な顔をしたら、いや、戸倉、おまえの言いたいことはわかる、キャバクラでなら、誰でもモテると思ってるんだろ、しかしだ、キャバクラといえどもモテるやつとモテないやつがいるわけだよ、それはもうはっきりしてる、でな、おれはけっこうモテるんだな、これが。びっくりだろ?

牛島は、鼻の穴を大きく膨らませてそう言った。

にやつく頬に、中学の頃のにきびの跡がまだいくつか残っている。

「奢《おご》るから行こうぜ」

「べつに奢ってもらわなくとも」

「いいから、奢るって」

奢る奢ると牛島がしつこく言い張るので折れた。

国道沿いの大型ショッピングセンターの中にある百均ショップの店長をしている牛島は、まずまずのサラリーをもらっているそうで(本人曰《いわ》く、業績はこの地区トップらしい)、おまけに実家暮らしゆえ、遊ぶ金には不自由していないのだそうだ。

佑一郎が付き合うことにしたら、牛島は相好《そうごう》を崩した。


駅近くの雑居ビルには、いくつかキャバクラが入っているようだったが、牛島は佑一郎に選ばせるようなことはせず、とっとと三階の、行きつけらしい店のドアに手をかけた。

店内に足を踏み入れると、すぐに女の子が三人、騒々しく牛島にまとわりつく。

その子たちに腕を取られ、流れるように連れて行かれた隅の席に男女交互に腰かける。わあわあと甲高い声で自己紹介されたが、奇抜な名前ばかりで佑一郎にはひとつも覚えられなかっ

牛島と話す口調はどこまでも馴《な》れ馴《な》れしいし、最初っからまるっきりタメ口なのだから、相当なじみの店なのだろう。

牛島はたえず上機嫌で、席についた途端、女の子たちを相手にしゃべりまくる。

こんなにしゃべるやつだったかな？　と疑問に思うほど、とにかく牛島はしゃべりづめだった。女の子たちも楽しそうだ。牛島を乗せるのもうまい。

さすがプロの手腕だと眺めていると、牛島の目が、な、戸倉！　どんなもんだい！　と言わんばかりにこちらを見た。どういう反応をしていいのかわからないから目をそらし、てか、こ
こ暑くないか、と隣の女の子に問うてみるが、肌もあらわな女の子は、えーそう？　と気のない声で返すだけ。それ以上、言うべき言葉は見つからない。

牛島の目が冷ややかになるのがわかった。

あの目は、おまえ、話、弾まねえな、という優越感混じりの批判だろうと想像する。鬱陶《うっとう》しい。

牛島が、これ見よがしに、隣の娘の肩を抱く。娘はとくに嫌がるふうでもなく、といって、嬉しそうでもなく、テーブルの上のナッツに手を伸ばす。牛島はまるで気にせず、なにやら、職場の失敗談を面白可笑《おか》しく語り続けている。向こう側にいる女の子の嬌声《きょうせい》と笑い声が響く。一人でも笑えば牛島はますます上機嫌だ。疲れたので、そっぽを向いてビールを飲んでいたら、戸倉、おまえも黙ってないで話に加われよ、と強要してきた。

「なんの話だよ」

「なんの話、って聞いてなかったのかよ」

牛島は、両隣の女の子の顔を交互に見つつ、こいつ、戸倉って言うんだけど、ちょっとモテると思って気取ってんだよ、やだよね、こんなやつ、と同意を求めた。

えーっ、と女の子たちの声。

戸倉さん、モテるんですかー（本気にしているとは思えない声音）。

すごーい（同じく）。

戸倉さん、かっこいいですもんね（同じく）（というより、むしろ、ふざけているような声）。

「えー、なんだよーきみたちー、戸倉戸倉って、ここにはおれもいるんだかんなー」

わざと拗《す》ねた声を出した牛島に、女の子たちが弾かれたように笑う。

「わかってますよー」

「牛島さんたらーもう、やだー。あたしたちが牛島さんを忘れるわけないじゃないですかー」

「そうですよー、牛島さんだってかっこいいですよー。そんなの、わざわざ言わなくったって、わかってるじゃないですかー」

つぎつぎに、打てば響くような感じで牛島をおだてる。

「なにいってんだ、おれがかっこいいわけないだろ」

一層拗ねた声の牛島。仕草まで拗ねている。「だまされないぞう」

「えー、なんでですかー、だましてないですよー」

「そうですよー。牛島さんって年を取るごとに味が出てくるタイプなんですよー、わかんないかなー。自分じゃ気づかないのかなー。でも、ほんとにそうなんですよー」

ねー、と女の子が別の女の子の方を見る。

「あっ、それに、牛島さん、最近痩せたでしょー、わかりますよー。ぜえったいかっこよくなってますってー」

冗談かと思ってまじまじと見るが、女の子たちの顔は真剣そのもの。なんだこれは？　なにかのプレイか？　と思わず身構える。するとすぐにまた別の女の子が前の女の子の発言を引き継いで言う。

「そうそう、牛島さんって年上の出来る男って感じだよねー」

誰がだ？　牛島がか？　と椅子から落っこちそうになるが、そんな佑一郎を無視して、別の女の子が乗り遅れまいとばかりに口を挟む。

「とにかくさー、牛島さんて、話が面白いんだよねー、いろんなこと知ってるしー、なんかすごいよねー」

まるで芝居かなにかを見ているかのようだ、と感心しつつ、じっくり女の子を眺める。化粧しまくってるきらいはあるものの、それぞれに、それなりの可愛さがある……気はする。一番向こうのハーフっぽい子、右隣のややロリが入ってる小動物っぽい子、左隣の学生風の長い髪の子。女の子たちの牛島評はまだまだ続く。

「牛島さんといっしょにいると楽しいよねー」

「ほんとほんと、会話してて面白いしねー」

「それに、牛島さんってへんな下心ないじゃないですか、そこが一番すごいと思うなー」

「あ、そうそう、そこそこ。そこだよねー。そういう人、なかなかいないよねー。みんな、隙あらば、って感じだもん。こないだ帰り道をつけられた子がいてさー、怖かったって怒ってたよー」

「ストーカーかよ、って、ねえ？　待ち伏せとかされるとまじむかつく。サイテー。あーまじきもい」

「しつこく誘ったりするやつもいるしねー。ゴハン行こうよ、なにもしないからさー」

「んなわけないじゃん。やらしいことしか考えてないくせにさー」

「誰とは言いませんけどー」

「言いませんけどー。そういうのって丸わかりなんですけどー。バレバレだよって教えてやりたい。嫌われてても気づいてない人も多いしさー。あれ、痛いよねー。牛島さんはそこがちがうんだよねー。大人の余裕がある、っていうか？」

「だよねー」

「牛島さん、サイコー！」

牛島はもうデレデレだ。ひたすらちやほやされてるだけで（おまけに下心まで封印されて）、莫迦じゃないか、これはモテてるのとは違うだろ、と佑一郎としては思うしかないが、異議を唱えることもできない。

牛島と女の子たちの会話はどこまでも続く。

化粧品なのか香水なのか、もわんとした甘ったるい匂いに鼻がむずむずしてくる。音もうるさくて落ち着かないし、空気も悪い。どっかりと腰を落ち着けて、まだまだ動きそうもない牛島に、おれ、そろそろ帰るわ、と声をかけた。

「なんで。今来たばっかじゃん。まだいいだろ。もう少しいろよ」

「いや、いい」

立ち上がると、左隣の学生風の女の子が、戸倉さん仕事はなんなんですか？　と質問してきた。なぜこのタイミングで、と訝《いぶか》しみながら、プログラマーと答えたら、やっぱり、と頷かれた。

なんなんだ、やっぱりって。

気色《けしき》ばんだのが顔に出たのかもしれない、女の子が少しひるみ、あ、ほら、だって、ちょっとオタクっぽい感じじするし、とつぶやき、すぐに失言したと思ったのだろう、あわてたように、あ、いや、でも、悪い意味じゃなくて、ええと、だからそのー、理系っぽいって意味ですよ、頭良さそうっていう、と付け加えた。

それが聞こえたらしい牛島の、勝ち誇ったような目が笑っていた。

あれがモテるということなら、おれはもう、生涯モテなくてもいいと思ったね。

職場で夜食のピザをつまみながら、数ヶ月前の出来事をついしゃべってしまったのは、そこに同僚の平泉しかいないという気安さからだったが、平泉はとくに同意するわけでもなく、ただくくっと声を抑えて笑っただけだった。

二人で分担していたプログラムをテストしてみたら予期せぬバグが判明し、この二日間まるまるかけて、大がかりな修正を施す羽目になった。

連携に関する確認作業を怠った佑一郎に非があるといえばあったが、社長はともかくおかんむりで、納期が迫っているのにこの体《てい》たらくはなにごとか、と怒り心頭、即刻直せ、直すまで家に帰るな、と雷を落としたのだった。

「悪いなあ」

と謝ると、平泉は、いいっていいって、と笑顔を見せた。

「戸倉さん、仕事、早いから。そこ確かめなくていいのか、って時でも先走っちゃうから。まあでもそのスゴ腕にずいぶん助けてもらってんだから、たまのミスくらい文句言えないっすよ」

それから五十時間近く、二人は社内の小部屋に籠《こ》もりっきりで、仮眠を取っては仕事をし、腹が減れば宅配ピザを食い、時々気晴らしに雑談しつつコーヒーを飲み、まるでキャンプだな、と軽口を叩いてバグを直したのであった。

思っていたよりやっかいだったが、平泉との仕事はそう苦ではなかった。

年が近いというのもあるが、平泉はとにかく仕事が緻密《ちみつ》で丁寧。閃《ひらめ》きであるとか、咄嗟《とっさ》の判断力であるとか、瞬発力には欠けるものの、そのマイナスを補って余りある美質だと佑一郎は思う。それになにより、平泉は謙虚だ。経験から断言できるのだが、プログラマーという人種には、我の強い輩《やから》が多い。共同で仕事する場合、毎度その我の強さに辟易《へきえき》しつつ、それをどうやり過ごすかが重要になってくる。しかしながら、平泉の場合、そこをまったく考えなくていいのが楽だった。

「平泉はキャバクラとか行くの」

睡眠不足と仕事をやり遂げた達成感でハイになっているのか、珍しい質問をしてしまった。

「行きませんね」

「なんで？　彼女いるの？」

「いません」

「そうなんだ」

着ているものがしゃきっとしているように思われて（お洒落《しやれ》？　いや、佑一郎にはそこのところがよくわからないのだが）、それだけで彼女がいるような気がしていたから、内心、仲間か……、とほっとした。

「でもけっこう早く来て早く帰るよね」

佑一郎は遅く来て遅く帰る方だから、社内で顔を合わせる時間はあまり多くない。

「戸倉さん、それと彼女がいる、いないとどういう関係があるんです？」

「だって、ほら、夜はデートとか」

「ああ」

「といって、二次元萌えとかって感じでもないし」

平泉が苦笑した。

「普通に三次元でのパートナーがほしいって気持ちはずっとあるんですけどね。でもなかなか」

「へえ」

「戸倉さんはないんですか」

訊かれて佑一郎は絶句した。あるんだか、ないんだか、それすらよくわからない。とりあえず、現状にたいして不満がないということだけはいえる……ような気はする。

「こないだ社長に合コンすすめられましたよ」

「え？」

「この騒ぎで吹っ飛んだ感じですけど、流れてなければ、たぶん、戸倉さんもすすめられるんじゃないかな。社長の知り合いのステーキハウスで開催される、真剣に結婚相手を探すための真面目な合コンなんだそうです」

「真面目な合コン？」

「社長張り切ってましたよ。平泉、おまえ、そろそろ身を固めたらどうだ、若く見えるがおまえもいい年だろうって、女子社員に言ったらじゅうぶんセクハラと取られる発言でした」

「セクハラ？　そう？」

「あれは立派なセクハラですよ。まあ、悪気はない、っていうか、すべて親切心からの発言だから、目をつぶるしかないんですけどね。にしても、合コンなんて、そんなものすすめられても困るんだよなあ。まいったなあ」

「なんで。パートナーがほしいんなら、合コン出たらいいじゃないか。おまえなら、案外すんなり相手が見つかるんじゃないの？」

平泉は、なんともいえない複雑な表情をしてみせた。困ったような、いくらかむっとしたような。なにかまずいことを言ってしまったのだろうか、と考えてみたが、よくわからなかった。合コンをセクハラと思うような価値基準の男だから、どこかに地雷があったのかもしれない。深追いするのもなんだから、急いで話題を転じた。

そしてそれきり、その話を忘れていたのだったが。

平泉が言った通り、納期に遅れることはないとわかって機嫌の直った社長は佑一郎にも猛然と合コンをすすめてきたのだった。しかもその時点ですでに参加の意向を先方に伝えてあったから、佑一郎に断るという選択肢はないという強引さ。勝手だなあ、と思いはしたものの、あっけなく参加することとなった。男三人女三人の小規模な合コンだそうだし、そのうちの一人は平泉だし、参加費は社長持ちだし、佑一郎になんの不満があろう。気楽に参加すればいい。

ただそれだけのはずだったのだが。

まず驚きだったのは、当日、夕刻になって平泉が逃げたことだった。

ついさっきまでPCに向かっていた平泉が、ぎりぎりになって忽然《こつぜん》と姿を消してしまったのだ。子供じゃあるまいし、たかが合コンくらいでなにも逃げるほどのことではないではないか。

それを知った社長は怒りのあまり、わなわなと身体を震わすほどだった。そりゃそうだろう、社会人としてこれはどう考えても最悪の処し方であろう。仮病でも、嘘八百でも、なんでもいいからなにかしら理由を伝えたのち、双方納得の下で消えたのならまだしも、何がどうしてあんなことを。

いったい、合コンなんてもの、逃げるほどの価値のあることなのか。

平泉は仕事ではどんなに理不尽な追いつめられ方をしても逃げだすような奴ではない。そこまで嫌だったら、社長にそう言えば済んだ話じゃないかと、社長を取りなしながら佑一郎は頭を抱えた。平泉を探せ、探せ、見つけだせ、と騒いでいた社長は、数分後に一転、平泉を諦め、代わりの人間を見つけるためにものすごい勢いでそこらじゅうに電話をかけだした。ピンチヒッターでおれが行っちゃう？　とふざけて声をあげた佐久間（既婚者）が、ほんの冗談だったにもかかわらず電話中の社長に怒鳴りつけられるほどのエキサイトぶりだった。

平泉も平泉だが、社長もちょっとどうかしてるんじゃないか、うちの会社、大丈夫か、と心配にならずにはいられないような騒動だった。

幸い、じきに代わりの参加者が見つかり、事なきを得たわけだが、社長の平泉への怒りはまだ収まらず、勢い余って佑一郎への期待へと変化したのがわかった。

いいか、戸倉、おまえは、十二分に成果を上げてこい。嫁さんみつけて、おまえは、いや、おまえだけは、いやいやいや、せめておまえだけでも一人前になれ。今日が人生の分かれ道だったとあいつに思い知らせてやれ！　平泉をぎゃふんと言わせるんだ、わかったな。そして、あいつはのちのち逃げたことを深く後悔することになるだろう。

予言者じゃあるまいし、なに言ってんだ、と佑一郎としては苦笑するしかない。張り切って行ってこい、頑張れ！　とばかにけたたましく会社から送り出された後、閉口しつつ思っていたのは、〝とりあえずそつなくこなそう〟、それだけだった。

どうせあの気まぐれ社長のことだ、合コンへの興味が持続するのはせいぜい三日かそこら。成果なんか上げなくたってかまやしない、つか、合コンのことなどいつまでも気にかけちゃいまい。これ以上、余計な怒りさえ買わなければオッケーだ。

失敗のないようやや緊張して挑んだのだったが、思いがけず、話の合う女の子が目の前に一人いてくれたおかげで、合コン自体はそう苦痛でもなかった。危ない、危ない。あの子がいなかったら、キャバクラの再現になっていたかもしれない。

というくらい、他の男たちは話し上手だった。

隣にすわった小野も、その向こうの平泉の代役の米山も、座を盛り上げるのがうまく、といってくだけすぎず、独りよがりでもなく、それなりに礼儀正しく好感の持てる態度で、変わり者の多い職場に慣れきってしまっている佑一郎にはたいへん新鮮に感じられる男たちだった。あれが普通の社会人ってやつか、と感心し、よくあんなにじょうずに会話できますね、と帰りがけ、女たちが先にテーブルから離れるのを待って言ってみたら、けっきょく人間が好きなんだろうな、と米山が返し、わたしもそうかもしれないですね、と小野が賛同した。

それは思いがけない答えだった。

人間が好き？　人間について好きとか嫌いとかって、そんなこと、意識的に考えるものなのか、と佑一郎は咄嗟に思った。少なくとも佑一郎はそれを意識したことはない。おれだって人間の端くれなんだから、人間が嫌いってことはさすがにないと思うが、じゃあ好きかと問われると自信がない。正直、人間全般に対して好悪の感情なんてとくにない、としか言いようがないではないか。女が好き、って言うんならまだしも、人間が好きって……。待てよ、あれはたんに、女が好きとあからさまに言うのを避けて人間と言い換えただけなんだろうか。

しかし、きっとそうなんだろうと軽々に判断を下すより前に、米山が言った。

「てなわけなんで、戸倉さん、そのうち、いっしょに飲みに行きませんか、おたくの社長とは、たまに飲むんですよ。行きつけのバーが同じなんで。よかったら小野さんもどうです？」

「お、いいですね。どこのバーです？」

酒を取り扱っているという仕事柄、バーには詳しいらしい小野が、ああそこ、あそこは料理もうまいんだ、とにんまりする。また連絡しますよ、そうしてください、と話があっという間に決まっていく。こうなると、確かに女が好き、というだけでもなさそうである。

ふーん、と佑一郎は嘆息を漏らした。なんかこう、人種が違うって感じだなあ。こりゃあ、百年経っても、この人たちに追いつきそうもない。そう考えるとあれだな、あの職場がやっぱり自分には合っているんだろうな。

「こちらの、戸倉さんのところの社長、なかなかにユニークなんですよ。ハンググライダーで、いまだに空飛んでるらしいし。酒も強いんですよ。ね、戸倉さん」

いきなり米山に振られて狼狽《うろた》える。ハンググライダー？　社内の誰かからそんなことを聞いた記憶がうっすらあるが、佑一郎はほとんど知らない。酒が強いというのも、そういえばそうだったかな、という程度。あうあう、とわけのわからない相槌《あいづち》（のような声）でごまかしてしまう。米山と小野は、店を出たところでさりげなく、女二人に話しかける。

佑一郎は、これ以上近づかない。

近づいても無駄だ。どうせあの二人とじゃ、勝負にならない。合コンはこれで終わりだ。任務は果たした、もういいだろう。

じゃこれで、と明るく声をかけ、挨拶を交わし、地下鉄の駅へと歩きだした。

いつもよりだいぶ早足になったのは、解放感の表れだったように思う。

合コンはそうして終わっていったのだったが、一夜限りのはずだった合コンは、その後、予想もしなかった展開をみせ、ぐるぐると佑一郎を巻き込んでいった。

まず唯一話ができた女の子（佐藤歩）といきなりメル友になった。

これはうれしい誤算だった。

佑一郎はなんの努力もしていない。

届いたメッセージにただ返事を書いて送信しただけ。それもものすごく適当に。

そしたらまた返事が来て、レスをし、また返事が来てレスをし……をしつこく繰り返すうちに、なんとなく、そういうことになっていった。

異性とこんなに頻繁にメールのやり取りをしたことなど、とんとなかったから、いったい何が起こったのか佑一郎にもよくわからなかった。知り合ったのがあの場所でなければ、新手の詐欺《さぎ》かなにかかと疑ったかもしれない。歩からのメールは、まるで佑一郎をリサーチして近づいてきたかのごとく、趣味や考え方が似ていて、当初警戒心が呼び覚まされたほどだった。リアルに会うようになって、彼女の部屋に足を踏み入れた瞬間、それはない、と悟ったのだったが。ようするに、この女は、たんに、根っからの、真性オタクだったというだけだ。もしくは変な女。困った女。よく見れば可愛くないこともないのだが、一般の、普通に道を歩いている女たちとはなにかが著しくちがっている。

合コンの時からうすうす感じてはいたが、佐藤歩は時々挙動不審ですらあった。ゲームなんぞやりだした日にゃ、佑一郎の存在を忘れてしまう。いっしょに楽しく、という意識に欠け、平気で佑一郎を叩きのめした。はしゃぎ方もどこかちょっとおかしかった。そのくせ、意外に論理的でもあった。でありながら、強烈に内向きでもあった。

奇妙なくらい色気がないのにも納得がいった。

こういう女がどこかにいるような気はしていたが、こんなところにいたのかという気分で佑一郎は少し楽しかった。女と付き合うと、たいていいつもどこかしら自分を抑えなければならなかったが、歩にはそれをまったくしなくてすんだ。それもこれも、付き合っているという自覚がなかったせいだ。

初めてくちびるを重ねた時も、お互い、三十代半ばの男女とは思えない動揺と赤面ぶりで、一気に高校生くらいにまで逆戻りしたかのようだった。寸前まで、まさかそんなことをするとは思っていなかったから、無理もない。どうしていきなりキスしてしまったのか、佑一郎自身わからなかった。なにがどうしてそんな気になったものやら。それほど欲望を感じていたつもりもなく、しかし、いったんそうなってしまえば、先へ進むしかない。もしかしたら歩は処女かも、と漠然と想像したりもしていたが、さすがにそれはなかった。といってへんに臈長《ろうた》けた感じでもなく、つつましい可愛らしさもあり、なによりそういう関係になったからといって急に恋人面してべたべたしたりしないところにも好感をおぼえた。そんなこんなで歩と頻繁に会うようになり、佑一郎にも、佑一郎なりに、ようやく、付き合っているという自覚が芽生えだしたようなのだった。

だがしかし、ここで思いがけない告白をされる。

歩にではなく、平泉に、だ。

それは、完璧な不意打ちだった。

ちょっといいですか、と帰り際どこからともなく現れた平泉に、社外の喫茶店へ連れて行かれ、話したいことがある、と切り出された時にはてっきり仕事の相談かと思っていた。

「なにかあったか」

と、佑一郎は訊いた。社長の怒りはとっくに収まり、平穏に仕事をしているようだが、佑一郎のあずかり知らぬところでなにか別の問題が持ち上がっているのかもしれない。

平泉は少し青ざめた顔をして、目を瞬《しばたた》かせていた。

しばし口ごもっていた平泉が語り始めたのはまさに告白だった。文字通り、告白。ついでに言うなら衝撃の告白。

まず、自分は同性愛者である、と平泉は言った。佑一郎は仰《の》け反《ぞ》った。あまりにも予想外の告白にあんぐりと口を開け、ぼんやり平泉の顔を眺めるしかない。ぜんぜん気づかなかったですか、と問われ、ぜんぜん気づかなかった、と魂の抜けた声で答えた。だって誰も気づいてないだろう？　そうつぶやくと、平泉が小さく頷き、たぶん、と答え薄く笑った。

平泉はあの合コンの日、いっそカミングアウトするつもりだったそうなのである。隠しているからあんなふうに合コンをすすめられ、嫁をもらえと尻を叩かれるのだ。もうこんな屈辱的な目に遭うのは御免だ、堂々とありのままの自分をさらけだそう、そして合コンは断ろう、そう思って出社したものの、いざとなると決心は揺らぎ、ずるずると時間ばかりが過ぎていき、これじゃいかんと焦って何度も自分を叱咤《しった》し、しかしどうしても声を出せず、そうこうするうちに頭が混乱してわけがわからなくなり、パニックに襲われ遁走《とんそう》したのだそうだ。

「そりゃたいへんだったなあ」

思わずそう労《ねぎら》うと、平泉は、はい、と言った。

「ご迷惑をおかけしました」

「いいよ、そんなの。べつに」

佑一郎はそれ以上、どんな言葉をかけたらいいのかわからなくて黙り込んだ。

平泉とは五年近くいっしょに仕事をしているが、まったく気づかなかった。迂闊《うかつ》にもほどがある。なんとなく物腰が柔らかい気がするとか、気が利くやつだとは思っていたが、まさかゲイとは。

こいつもこいつなりに苦しかったんだろうと思う反面、これからどうやって接していったらいいのか悩むところではあった。このあいだのように小さな部屋で何十時間も一緒に仕事をする場合だってある。寝起きを共にする時はどうしたらいいんだ。どう気を遣ったらいいんだ。わからないじゃないか。

「このこと、ほかに誰が知ってんの？」

と佑一郎は訊《たず》ねた。頼るべき人間が誰なのか知りたかった。

「誰も」

と平泉は答えた。

「え、誰も？」

「戸倉さんだけ」

「えっ、なんで」

「え？」

今度は平泉が驚く。「わかりませんか」

佑一郎は顔を歪《ゆが》めた。わかるわけないじゃないか、てか、なんでおれだけ、と心の中で大きな叫び声をあげる。おれ、ゲイの知り合いなんていないんだけど。言うなら言う、みんなに言う、そうでないなら誰にも言わない、そういうふうにはいかなかったのか。なんでだよ、なんでおれにだけカミングアウトするんだよ。そんなややこしいことするなよ、平泉。こんなたいへんなこと聞いちゃって、これからおれ、どうしたらいいんだ、いっしょに秘密を守るのか。いっしょに守るって、どうしたらいいんだ？　いざとなったらこいつをおれが守ったりもしなくちゃならないのか、そんなこと、おれ、出来るのか？　自信ないぞ。くー、そんなめんどうなこと、おれに振らないでくれよ、平泉。頼むから。そんな心の声をどうやって伝えたらいいのか佑一郎は途方に暮れる。吐き出したいのはやまやまだが、このまま吐き出したら平泉をとてつもなく傷つけそうで、怖くて声にならない。むむう、とうめいて腕組みした。

するとと平泉が訊いた。

だれかと付き合っているのか、と。

いきなりだったので、質問の趣旨がつかめず、ぼんやりしていたら、重ねて訊かれた。

あの合コンで出会ったのか、と。

なにか知っているかのようなきっぱりした口調に気圧《けお》され、むにゃむにゃと肯定らしき発言をすると、平泉は、くちびるを嚙《か》んだ。

「やっぱり……」

平泉はテーブルの上においた手を固く握りしめた。そして滔々《とうとう》と、というか、ぶつぶつと伏し目がちに語りだした。

そうですか、やっぱりそうでしたか。まったく、どうしてこんなことになっちゃったんだろうなあ。なんでですか。なんでそんなことになるんですか。ああもうほんとに悔しいですよ、あの合コンでそんなことになるなんて。こんなことなら、いっしょに行って邪魔すればよかった。あの時逃げなければよかった。戸倉さんといっしょに合コンに出るなんて耐えられなかったけど、耐えるべきだったんだ。そうすべきだったんだ。逃げたことを今は後悔してます。すごく後悔してる。戸倉さんはずっと一人だったし、恋人なんてべつにいらないって顔してたじゃないですか。それなのに、あんな合コンくらいで簡単に誰かと付き合うようになるなんてあんまりだ。乗り気じゃないって顔してたくせに。だまされましたよ。甘かった。甘かったし莫迦だった。悔しくてたまりません。どうしていっしょに行かなかったんだろう。どうして逃げてしまったんだろう。

平泉の言葉は、佑一郎にはちんぷんかんぷんだった。ただ、あの時の社長の予言〈そしてあいつはのちのち逃げたことを深く後悔することになるだろう〉を思い出し、ひょっとしてあれが当たったのか？　だとしたらうちの社長案外すげーな、と思っていた。

ぼうっとしていたら、平泉が笑った。

「わかんないんですか。告白してんのに」

「あ？」

と声を出すだけで精一杯だった。

平泉が笑いながら、そういうところが好きなんです、と言った。

数秒考えた後、がっと赤面し、動揺を悟られまいと水を飲んだ。女からの告白以上に、動揺著しい自分が哀れで、頭の中がこんぐらかって、平泉の顔をろくに見られなかった。

それ以来、佑一郎はいまだに動揺したままでいる。

動揺の最中《さなか》にあるといっていい。

会社で顔を合わせても、あたふたしてしまって、とてもじゃないが今まで通りとはいかなかった。まさか男とどうこうなるつもりはないが、ふいに二人きりになったりすると、沈黙に耐えられなくてろくでもないことを口走ったり、机の角に膝《ひざ》をぶつけて悲鳴をあげたり、いかんいかん仕事に集中、と平泉を無視して夢中でキーボードを叩いた挙げ句、つまらぬミスをしでかして仰天したりしている。

悠然としている平泉を見ていると憎しみのようなものさえ湧く。

佑一郎に告白したくせに、平泉は、他の男たちとも親しげに談笑したり、楽しげにコーヒーを飲んだりしている。カミングアウトは佑一郎にしかしていないそうなので、他のやつらは、今まで通り普通に接している。それがまたいっそう腹立たしい。自分一人だけ、あたふたしているのがひどくみっともないような気になる。

苦々しい気持ちで、平泉を見る。

見る。

見る。

見る。

平泉がそれに気づく。

ふと目が合えば、ほんのり微笑《ほほえ》みが返ってくる。それはまちがいなく、佑一郎にだけ届けられる甘やかな微笑みだ。

すると照れる。

妙に照れる。

なんで照れるんだおれ、照れるなおれ、と叱咤しても無駄だった。誰にも悟られぬようにするだけで力尽きてしまう。雑駁《ざっぱく》な生き方しかしてこなかった佑一郎には骨が折れること、このうえなかった。

そんなこんなで、気づけば歩のことより、平泉を気にかけている始末だ。知らぬ間に平泉を日で追い、知らぬ間に平泉について考えている。

断じて恋ではないと思うが、限りなく恋に近いような気がしなくもない。

自分は異性愛者であると信じていたがそうではなかったのだろうか。

同性愛者である可能性もあるのだろうか。

悩みは深まるばかりなのだった。

そんな時、合コンの時の約束を覚えていたらしい米山に、新しく出来たパブに行かないか、と誘われた。

小野も誘ったそうだが、急に都合が悪くなったとかで、結局、二人で飲むことになった。

ちょうどいい機会だと思ったので、米山に訊ねてみた。人間が好き、とはどういうことか、と。

「なにそれ？」

と米山は不思議そうな顔をして佑一郎の顔を見た。なので、前回の合コンの時の会話を手短に再現する。

「ああ、そういうことか」

ソーセージにザワークラウトをからめて食べ、ドイツビールをひとくち飲みながら米山があっさり答えた。

「そんなの、べつにそう深い意味はないよ。だって、そうだろ。人ってそれぞれ、みんな味があるじゃないか。ひとつとして同じ味はないじゃないか。この人はどんな味なのかなあ、あの人はどんな味なのかなあ、って興味が湧くだろ？　それぞれ味わってみたくなるだろ？　ようするにそういうことだよ」

女に限らないのか、と佑一郎は食い下がった。

「限らないよ」

と米山は即答した。「だってべつに、人間関係って恋愛だけじゃないだろ？」

いや、そんなありきたりな答えが欲しいわけじゃないと、自分でも何が訊きたいのかもう一つはっきりしないまま質問を繰り返すうちに、あらかた事情をしゃべってしまった。人間が好きと公言するだけあって、米山は、恐ろしく聞き上手で、うかうかしゃべらされてしまったのである。万一、社長の耳に入ったらまずいので、平泉の実名と、社内の人間であることだけはどうにか伏せておいたが。

「そっかー、そいつはつまり、きみを歩ちゃんに取られそうで焦ったんだな。嫉妬《しっと》は人を動かすからなあ」

「嫉妬？　そうなんですかね？」

「ちがう？」

「さあ？」

佑一郎が首を傾げて米山を見ると、鏡のように米山も首を傾げた。

「それにしても、なんだかおかしなことになったものだねえ」

「はあ」

「でもまあいいじゃないか。べつに、そんなに急いで結論を出す必要はないんだろう？　気持ちの判断がつくまでペンディングでかまわんじゃないか。はっきり好きだとわかるまで保留にしとけよ」

「なに言ってんですか。あいつ、男ですよ？」

「だから？」

米山の声には真剣みが足りなくて、どことなく楽しそうだった。「だからなんだよ。難しく考えるな」

「だって男と恋愛って」

「そんなことくらいであたふたするなよ。恋したら恋したでべつにいいじゃないか。しなかったらしなかったでいいし。恋ってものはなあ、考えたってだめなんだ。考えるな、感じろ」

米山がしゅしゅっと素早く腕を動かした。たぶん、ブルース・リーの真似だな、と気づいたが黙っていた。「男も女もそうかわらんよ」

「そうなんですか」

「そうだろ?」

「もしかして、米山さんも?」

「えっ? おれ? おれはちがうよ。おれは正真正銘ノンケ。男にコクられたこともないし、男に恋愛感情持ったこともない。だけどまあ、それもこれも面白いじゃないか」

ピクルスを食べ、あっという間にグラスを空ける。「だってさあ、こんだけたくさん人がいて、でも、特定の人にしか反応しないわけだろ。それってなんだろう? って思うじゃないか。その特殊性を大事にしろよ。味わえよ」

はあ、と間抜けな声で応えながら、佑一郎もビールを飲んだ。

「楽しめよ」

「と言われても……」

「大丈夫だって。そんなに悩むほどのことじゃないって」

そう断言されるとそんな気にもなってくるから不思議である。

「ややこしいことにならないですかねえ?」

「ややこしいこと? ならないよ」

また即答だ。なにを訊いても即答で返ってくるからすごい。でも少し疑って、確かめてみる。

「ほんとうですか?」

「あのね、戸倉くん。ややこしいことになる時っていうのはさ、相手をぞんざいに扱った時。ちゃんと相手をリスペクトするっていうかさ、きちんと尊重していれば、そうおかしなことにはならないものなんだよ。ともかく、それが基本。ところでおれ、もうビールは飲めないから、別のにするわ。戸倉くんはどうする? あ、きみはビール党なの。だったら、いろんなの、飲んでみなよ、せっかくだし」

その日珍しく佑一郎は様々な銘柄のビールをしこたま飲んだ。

なんせ、人付き合いのうまい米山がいっしょだ。まんまと飲まされてしまったと言えなくもない。たった三つしか違わないのに(というのがようやく判明)、ずいぶん年上の人のような気がするのは自分が子供っぽいせいなのだろうか。考えてみれば、こういうタイプの人と、こういう感じの恋愛話をしたことはなかった。モテるとかモテないとか、どんな女がいいとか、下ネタとか、そういう話ならずいぶんたくさんしてきたが。

米山が楽しそうに飲み食いしながら、人が人を好きになる不思議と、喜びについて語る。

自分の気持ちに正直に向き合えよ、と何度も言われた。

何度も、何度も。

そういえばおれ、そういうことをちゃんとしてこなかったなあ、と佑一郎はようやく思い始めた。

平泉のこともそうだし、歩のこともそうだ。歩とは、あやふやなまま、なんとなく付き合う感じになってきてはいるが、はたしてそれでよかったのだろうか。思えば、今まで自分はいつもこんなふうにあやふやな感じで、条件反射的に誰かと付き合ったり誰かに振られたりしてきたのではなかったか。遡《さかのぼ》れば坂出美奈の時もそうだった。あれからずっとだ、ずっと。

もんもんと考えているうちに、はっ、と佑一郎の中で何かが閃いた。

「それじゃ、だめなんですよね、米山さん」

ばん、と両手でカウンターテーブルを叩いた。

ええ？　なにがー？　と言いながら、米山が大きな欠伸《あくび》をする。

目についた、乾燥してかぴかぴになったチキンに、がぶりと齧《かじ》りついた。う、まずい。まずいがかまわない。むしゃむしゃと食べ終え、それからおもむろに宣言した。

「だからだめだったんだ。おれ今度はきちんと答えを出しますよ、男も女も関係なく。いちばん優先するのはおれの気持ちだ、そういうことですよね。おれ、がんばりますよ、今度こそ、きちんと見極めます、それまで保留だ！　誰がなんと言ったって保留だ！」

前のめりになって、ビールを喉に流し込む。

うつらうつら揺れだしていた米山が、赤くなった顔をあげ、ほー、おまえ、立派だなあ、と感心した。

「ありがとうございます、米山さん。なんかおれ、すっきりしました」

「そうかそうか、そりゃよかった」

えらいよー戸倉ー、おまえなかなかすごいやつだよー、感心感心、おれも見習いたいよー、
小声でそうつぶやきながら、米山が何杯目かのジンロックを呷《あお》る。そうして一つ、大きなしゃっくりをした。

「おれもさー、そうやってきちんと答えを出してから結婚すべきだったんだよなー。反省、反省」

ビールにまみれた佑一郎の思考は俄《にわか》に意味を理解できない。結婚？　結婚って……何？

「なんかさあ、ぱあっと勢いがつく時ってあんだよなあ。おまえも気をつけろよ」

手を伸ばして、どうん、と佑一郎の肩を小突く。小突いた腕が、バランスを失い、テーブルに、ごん、とあたる。イデっ、と米山が声を上げた。

「結婚？……結婚してたんですか、米山さん」

「してた、じゃなくて、してる」

ひっく、とまたしゃっくりが出る。

「えっ、してる？　じゃ、既婚者？」

「そう」

「だって合コン……。あれって、真面目な合コンでしたよね」

「あー酔った酔った。だめだー、眠いわ、おれ。もう無理、もう飲めない。そろそろ帰ろうか、戸倉くん」

米山が左手で頬杖をつき、とろんとした目を佑一郎に向けていた。

4

米山正勝《まさかつ》は困っていた。

宮本さなえとはすでに二度、いっしょに食事をしてしまった。

合コンの後、メールが来て、ぽつりぽつりとやり取りをしているうちにそういうことになってしまったのだったが、人付き合いのいい正勝の場合、これは珍しいことではない。どこかで誰かと知り合いになる。そしてその、どこかの誰かと呑みに行ったり、食事に行ったりする。そんなことは、ありふれた日常生活の一コマなのである。

だからあまり深く考えてはいなかった。

宮本さなえからはなにも求められてはいないし、こちらからもなにも求めてはいない。当然のことながら、手すら握っていない。愛の言葉ひとつ交わしたわけではない。二人の間にはなにもない。

ひょっとしたら宮本さなえは自分に気があるのだろうか、と思わなくもなかったが、あからさまにそういう素振りは見せなかったし、だから正勝もあえて確かめなかった。これまでの人生で自惚《うぬぼ》れると莫迦を見ることがある、と十分に学習してきたから、余計なことはしないのだ。

別段たいした話をするわけでない。おいしいわね。うん、おいしい。これなんだろう？　なにかしら。豆の味がする。しない？　するね。そんなことを言って、食べてるだけだ。学生時代、なにやってた？　バイトに明け暮れてた。へえ、どんなバイト？　いろいろやったよ、短期のやつが多かったなあ。あたしはファミレス。へえ、ファミレスかあ。

宮本さなえとの会話は上《うわ》っ面《つら》をすうっとなぞっているような気がする。

わざわざ映画館ってだんだん行かなくなるよね、ならない？　なるなる。三十代って時間が経つの、はやくない？　はやい、はやい、びっくりするくらいはやい。だよね。これからもっと、かな。もっとだろうなあ。

そしてそのまましばし沈黙。

重い話や深い話には到底ならない。そこをじょうずに避けて、なだらかな斜面を延々と滑降していくかのよう。合コンで知り合ったというのに、色っぽい話にもならない。それはもう、不自然なほどに。

そんな空気を読んでしまったら最後、あらたまって、おれ結婚してるんだ、なんて、とても言いだせないではないか。

それとも、それを言いたくないからいつまで経ってもこうした上っ面の会話を続けているのだろうか。

そんなつもりはないのだが。

そんなつもりはなくとも、意識下ではそんなつもりだったりするのだろうか。

わからない。

わからないが、そうやって、どうでもいい会話を交わしながらの穏やかな食事が案外楽しいのである。

正勝にはそれが不思議だった。

正勝の場合、恋愛中はとにかくよく喋る。相手への興味を隠さないので、あれこれ質問を繰り出し、相手がたじたじになるまで突っ込み、時に議論になるほどにまで貪欲に、うんと奥まで分け入ろうとする。それこそが恋した者の特権だと言わんばかりに。相手に分け入れられるのも望むところ。それはもう、ずっと昔からそうだった。恋愛中に、こんなつまらない、どうでもいい会話だけで、これほど淡々と食事をしたことはなかったのである（よって、これは恋愛でない、とも言えるわけだ）。

わあ、これ、カロリー高そう、太りそう。え、ぜんぜん太ってないよ。そう？　昔ストレスで半年で七キロくらい太っちゃったことあって。あるねえ、そういうこと。戻すの大変だった。わかるわかる。

ところがそんなどうでもいい会話が妙に安らぐのである。なんだろう、宮本さなえの話し方のせいだろうか、やや低めの声質のせいだろうか。眠れない時に聴く深夜ラジオから流れてきそうなまろやかな声。そしてその声が生まれる、ゆっくりとしたくちびるの動き。やや厚いぽってりとしたくちびるの、どこかしら無防備な感じ。ふんわりと肩から胸にかかる髪。痩せているわりについ目が行ってしまう豊かな胸。胸元の、もっちりした色白の肌もいい。宮本さなえは、ふわふわしたマシュマロとか、やわらかい大福餅とか、甘ったるい菓子を連想させる。抱きしめたらさぞかし気持ちいいだろう。いやいや、抱きしめたりはしない。しないが、抱きしめたら、きっとやさしく応えてくれるだろう。大きく包み込んでくれるだろう。そういう安らぎが宮本さなえにはあった。

そしてその安らぎに追いつめられるのだ。

安らぐことで追いつめられる。

息苦しいほどに。

なぜだ。

三十八歳という年齢がそうさせるのか。

三十八歳。すでに若くはない。若くはないが、老けてもいない。

今ならやり直せる気がするからか。なにから？　なにを？

いやな汗がじんわりとにじんでくる。

自分は思っている以上に、現状に満足していなかったのかもしれない。

そんなつぶやきが頭の中で聞こえた時、長らく眼前に垂れ下がっていた重いカーテンのようなものがさあっと消えてなくなる心地がした。ああそうだ、おれは満足なんかしちゃいなかった。不満だらけだったんだ。すると、また一方で別の声がする。そんなはずはないだろう。満足してたじゃないか。楽しくやっていたじゃないか。

中堅の特殊機械部品メーカーに勤めて早十六年。現在は経理課で課長補佐をしている。

出世のスピードは中くらい。ざっと課内を眺めてみて、自分を追い越して課長になりそうな逸材はいないから、あと何年かすれば必然的に昇進するだろう。あるいはいずれまた営業に戻るのか。営業に向いていると思って入社し、希望通り配属されたのに、なぜだかちっとも成績は上げられず、腐っていたら、新入社員の頃から目をかけてくれていた専務に経理課に引っぱられた。こっちの方が案外向いているんじゃないか、と言って。米山、おまえはな、最後の一押しが足りないんだよ、客とのコミュニケーションがいくらうまくいったって、営業は売らなきゃ意味がない。おまえ、売ろうと思ってないだろう、仲良く友達になってるだけじゃだめなんだ。専務に正しく見抜かれていたのか、お荷物になりかけていた営業と違って、経理ではすぐに重宝がられた。経理課といえども、社内、社外問わず、調整すべき課題はいろいろある。その調整役として活躍した。そう、売らなくてもかまわない調整役なら得意なのである。あちらを立てつつこちらを立てる、こちらを立てつつあちらも立てる。そうやってどちらにとっても納得の線を導きだす。導きだせずとも、その気にさせる。その面白みに気づいている。その能力が役にも立っている。辞めるなんて考えられない。

結婚したのは、三十歳の時。よくわからない熱に追い立てられるように、付き合って半年で結婚を決め、それから数ヶ月後、めでたく式を挙げた。披露宴では、新婦の兄が、かぐや姫の『妹』を熱唱した。ちょっともうお兄ちゃんたら、なんであんな歌、うたうわけ？　だめだったら帰ってこいなんて、縁起でもない、と妻がこっそり顔をしかめていたのを憶えている。歌詞の通り、妻は、友人の妹だった。

その日、終業間際にポケットに入れていた携帯電話が震えた。

野畑氏からのコールだった。

プライベートの電話は勤務時間中は控えているものの、もうこのタイミングなら有りだろうと通話ボタンを押し、挨拶を交わしながら廊下へ出て、どうしたんです？　と訊ねたら、今夜これから合コンに出てくれないか、と野畑氏は言ったのだった。仕事は、ひと山越えた時期でそう忙しくはなく、課長は半休を取ってすでに帰宅済みだった。

びっくりだなあ、野畑さんから電話をもらうだけでもびっくりなのに、野畑さんの口から合コンなんて言葉を聞こうとは、そう冗談っぽく返すと、いやいやおれじゃないのよ、おれじゃなくてうちの社員がさあ、と説明を始めた。五十過ぎの会社経営者、野畑氏とはたまにバーで顔を合わせていっしょに呑むことがあるが、そう親しいというわけではない。付き合いは四、五年といったところか。

なんでも、いまだ独身の社員二名のために、一肌脱いで合コンをセッティングしてやったのにドタキャンして帰ってしまったやつがいるのだという。ったく最近の若いもんってのはさあ、平気で恩を仇で返すね、礼儀ってものを知らないね。

憤る野畑氏の声を耳にしながら、べつに一人くらい参加者が減ったってかまやしないじゃないか、と内心、正勝は思ったわけだが、野畑氏は妙な責任感から、その穴をなんとしても埋めねばならないと思い込んでいるようなのであった。わあわあとそんなことをまくしたて、一人で困っている。

普段からやや躁状態を疑わせるようなところのある野畑氏らしいといえば野畑氏らしい。うまいステーキハウスなんだよ、国産和牛ステーキ。野畑氏の声はやたら大きかった。参加費はこっちで持つからさ、頼むよ、合コン、出てよ、米ちゃん。

いいですよ、と正勝は答えていた。どうせなんの予定もない。

ただで食えるステーキに心惹《こころひ》かれるし、なにより合コン、という言葉に惹かれた。結婚してからこっち、合コンなどというものから縁遠くなって久しい。合コン。その言葉の響きには、甘酸っぱいような、懐かしいような、なんとも抗《あらが》いがたい魅力を感じる。

既婚者が参加してもいいのかな？　とちらりと頭をかすめはしたものの、見合いじゃあるまいし、たかが合コン、べつにカップルにならなきゃかまわんだろうと思った程度。それよりも、野畑氏は、おれのことを独身者と思っていたのか、とそちらに小さく驚いていた。隠していたわけじゃないけれど、そういえば、野畑氏に玲子《れいこ》の話、したことなかったかもなあ。かといって、いま、ここで、野畑さん、じつはおれ、結婚しておりまして……と告白するのも無粋な気がした。まあ、いいや、そんなことはどうでも。

場所を聞いて直行した。

心持ち、わくわくしていた。

思いがけず、楽しい週末になった、と野畑氏に感謝していたくらいだった。その時は。

妻の玲子が大阪に赴任してかれこれ五年になる。

新しく造られたデザイン専門学校に講師の職を得て、玲子は正勝を残し、行ってしまった。

結婚して二年と少し経ち、新婚気分が抜けた頃のことだった。

母校の大学で教授のアシスタント職を数年勤めた後、予算削減で辞めさせられ、ほぼ同時期に結婚。それ以降は、実家の歯科医院でお手伝い程度に働いていただけの玲子が、結婚後も就職活動をしていたとは知らなかったから、報告を受けた時、正勝はまず驚いた。

「おまえ、働きたかったの？」

正勝が問うと、

「そりゃまあね」

と玲子は答えた。「このままなんにもしないで暮らしていくのはやっぱりどうもね」

結婚前に同じことを言っていたのを憶えてはいたが、もうそんな時期は過ぎたとばかり思っていた。

素直に喜びの声を上げる妻を前に、正勝の胸中は複雑だった。

夫である自分も喜んでやるべきなのだろう。しかしながら大阪で、と唐突に言われたって手放しで喜べないではないか。なんで大阪なのか、とさりげなく問うと、来沢《くるさわ》教授に新設の学校を紹介してもらえたのよ、と玲子はなんでもないことのように答えた。推薦状も書いてくれた。そりゃ、できればこっちで働きたかったけど、職がないんじゃしょうがないでしょ、大阪でもいいか、って訊かれた時、いい、って言っちゃったの。まさか採用されるとは思わなかったたんだよね、その時は。面接でも緊張して言いたいことの半分も言えなかったし、だから内緒にしてたの、てっきり落ちたとばかり思ってたから。採用だなんて夢のようよ、と玲子は頬を紅潮させ、興奮の面持《おもも》ちで語った。大阪では、美術史やデザイン史について教えるらしい。

行くな、とは言えなかった。

ここまで興奮する妻を見たことはない。この喜びに水を差す勇気はない。

おれたちどうなるの？　とは言ってみた。玲子が大阪へ行くとなったら別居しなくちゃならないだろう？

そうだね、と玲子は言った。ねえ、まさくん、まさくんが大阪に転勤願いとか出したらどう？　転勤できるんじゃない？

かちんと来た。

なんでおれが今までのキャリア（というほどのキャリアでないことはさておき）を棒に振ってあんな小さな大阪支社へ行かねばならんのだ。おまえこそ、もっと真剣に東京で仕事を探したらどうだ。

あーもう、まさくんたらー。それが可能ならとっくにそうしてますって。世の中、そんなに甘くないの。今度の話だって、これを逃したら次はないっていうくらいの、ラッキーな話なんだからね。

ごもっとも、と全面的に納得したわけではなかったが、やめろ、とはやはり言えなかった。いくら妻だからってそこまで押しつけていいものではない。職業選択の自由は日本国民すべてに保障された権利のはずだ。

まあいいか、と正勝は思った。まともに働いたことのない玲子が、社会の荒波に音《ね》を上げて、じき逃げ帰ってくるかもしれないじゃないか。玲子には、双子の兄（そのうちの一人が正勝の友人）がいて、むさくるしい男二人の後の女の子だったからか、家族にかなり甘やかされて育った節がある。一人暮らしだってしたことはないはずだ。家事だって、ずいぶん義母に手伝ってもらっていたし、大阪で一人でやっていけるかどうかも怪しい。それに、あの家族が、かわいい玲子を単身、大阪になんて行かせるだろうか。強硬に反対するのではないか。玲子も、実家で反対されたら、考えを変えるかもしれない。そうなれば万事めでたしめでたし。正勝としては、玲子の計画が頓挫《とんざ》するのを座して待っていればいい。

ところが待てど暮らせど、玲子は翻意しなかったのである。

しびれを切らして、実家のご両親には相談したのか、と訊くと、したよ、と言う。すごく喜んでくれた。存分に働いてこい、って。就活がうまくいかなくてへこんでいた頃のことを知ってるから、よかったなー、よかったねー、ってそりゃあもう。正勝さんは反対してないのかって訊かれたから賛成してくれたよって言っといた。そしたら、それだけが心配だった、って。正勝さんが賛成ならなにも言うことはないって。もう玲子は嫁にいったんだからね、うちでとやかく言うことはできないよ、って。まあ、そうだよね。文句言える筋合いじゃないよね。ほら、うちの医院、お兄ちゃんが半分後を継いでる感じだから、わりと自由がきくじゃない？二人で大阪へ遊びに行くよ、って父も母もけっこう楽しそうだった。

正勝の想像の一段上を行く甘やかされっぷりだった。

そうか、そっちか。

こうなったら仕方がない。行かせるしかない。そして、戻ってくるのを待つしかない。

おそらく義父母も、玲子の性格を鑑《かんが》み、どうせすぐ戻ってくると踏んでいるのだろう。

戻ってきたら、なにも訊かず、温かく迎えてやろう。そこからまた新しい生活が始まるのだ。

そう思い、手ぐすね引いて待ち受けていたのに、妻は戻ってこなかった。

五年経った今も相変わらず嬉々《きき》として仕事に勤《いそ》しんでいる。近頃では講師を束ねる人事の仕事や、学生たちの就職ガイダンスまで任されているらしい。まとまった休みが取れると戻ってくるが、通常の休日は向こうで過ごす。正勝が向こうへ行くことはほとんどない。はじめのうちは、何ヶ月かに一度、近隣を観光がてら遊びに行ったりもしていたが、だんだん億劫になった。自然に足が遠退《とおの》いた。

そろそろ今後のことをきちんと話し合わなければならない時期に来ているんじゃないか。

そんなことを思うようになったのは、宮本さなえと会うようになったからだろうか。


宮本さなえと、どうでもいい会話をしながら、いっしょにものを食べる。

ちょっとした冗談で笑い合う。

ひとりぼっちの食事の味気なさに比べたら格段にこっちがいい。

宮本さなえは、じつにつまらないことしか言わない。正勝に突っかかってくることもなけれ

も言わない。心のどこかを抉《えぐ》られたりもしないし、深く考えこまされたり、悩まされることもない。白熱もしないが、だからこそ喧嘩になることもない。正勝がぼーっとしながらいくぶんうわの空で食べたり飲んだりしていてもかまわないようだ。どうしたの、なんで黙ってるの、と問いつめられもしない。ふと顔をあげれば、いつでも穏やかな笑みを浮かべてこちらを見ている。その笑顔に安心する。心をかき乱されない。緊張も強《し》いられない。

デザート食べる？　うん、食べる。もう少し呑む？　うん、呑む。

反対意見は滅多にない。

この従順さはいったいなんだ、三十五にもなって、とひるむ気持ちにさえなる。

こういう女を昔、軽蔑、とまでは言わないが、心の底で少し莫迦にし、敬遠していたはずだった。刺激のない、退屈な女、そんな女と付き合ったってつまらない、そう決めつけていた。

しかしそうではなかったのだ。

そういう女にはこういう安らぎがあったのだと正勝は知らなかったのである。それとも、そういう安らぎが理解できるほどに成長したということなのだろうか。成長？……ではなく、衰えか？　刺激ではなく安らぎを求めるほどに衰えたのか？

いや、もしかしたら、初めから、こういうものを求めていた可能性もある。気づかなかっただけで。

そもそも玲子を選んだのが間違いだったんだろうか。

おまえ、うちの妹に手を出すなよ、と友人の宗介《そうすけ》に言われ、出さないよ、と答えたあの日。いいわよ、べつにお兄ちゃんのことなんか気にしなくったって。今度ふたりで呑みに行きましょうよ、ねえ連れてって、と玲子がこっそり耳元でささやき、ああいいよ、と正勝が返したあの日。あの日の正勝に躊躇いはなかった。ロミオとジュリエット、じゃないけれど、宗介という障害物を出し抜く喜びに二人で浸った。なんであんなことであんなに興奮したんだろう。なにをあんなに面白がれたんだろう。付き合いだしてしばらくして宗介に詫《わ》びを入れつつ告白したら、宗介はちょっと驚いただけでたいして咎《とが》め立てもしなかった。むしろ、積極的に両親に正勝を売り込んでくれたほどだった。あいつはいいやつだよ、あいつなら、玲子をまかせられるよ、と太鼓判を押してくれたのだそうだ。お兄ちゃんたら、わたしより親を説得するのがうまいのよ、びっくりしちゃった。玲子にそう聞かされた時、正勝は、なんとなく、してやられたような気になったのを憶えている。あの時点で結婚へのカウントダウンは始まっていたのだった。

玲子のことを嫌いではない。

今でも、愛していると思う。たぶん。

愛というものがどういうものなのか、厳密にはわからないが、彼女を大事に思っているのは確かだ。とはいえ、今、その愛を育《はぐく》める状態にあるのかどうか。これからも育み続けていける自信があるのかどうか。子供を作るとか、家を買うとか、そういった将来的な展望さえ描けない。

べつに浮気しているわけじゃないんだからいいよな、と正勝は宮本さなえを三度目の食事に誘った。続けて四度目、五度目、六度目、七度目と数が増えていくのに時間はかからなかった。

宮本さなえは、いつ、どんな誘いでも、まず断らない。

不機嫌そうな顔で現れることもない。

今日は忙しくて疲れちゃったよ、と言えば、責任あるお仕事だと大変よね、とやさしく労ってくれ、課長の不始末の尻拭いをさせられちゃってさと愚痴れば、くじけないでがんばってね、と励ましてくれる。そこには皮肉も嫌味もない。最近眠りが浅くて困ってるんだ、とぼやけば、催眠効果があるという波の音のＣＤを贈られる。玲子なら、気のせいじゃないの、とまずは疑ってかかるところだ。ＣＤは受け取った。食事代を出しているのだから、これくらいはいいだろうと思って。

「すごくよく眠れた。ありがとう」

多少お世辞まじりではあったが、そう礼を述べると、ほんとう？　よかった！　と目をきらきらさせながら、じつに嬉しそうに頬を赤らめる。

こんなことでそんなに喜ばなくとも、いや、喜ばないでくれ、と思ったのも束の間、なぜだかわからないが、ふいに、彼女がとても愛《いと》おしいような気がして戸惑ってしまう。

なにか間違った反応が起きてないか？　いいのか、自分。大丈夫か？　大丈夫、だよな？

いま、抱きしめたいと思ったような気がするのは……錯覚だよな？

錯覚だ。錯覚に決まっているじゃないか。だって、指一本動かしていない。

大丈夫だ。これは浮気じゃない。

ただし、これ以上はだめだ。ぜったいだめだ。やっかいなことになる。

進入禁止の道路標識が頭に浮かんだ。

触れなば落ちん、といった態《てい》の宮本さなえを前に、なんで進入禁止の道路標識なんかを頭に浮かべなくちゃならないんだと嘆かわしい気持ちにもなるが仕方がない。玲子。玲子がいるからだ。それはわかっている。わかっているのだけれども。

宮本さなえがじっと見つめていた。

あのさ、おれ、じつは、結婚してるんだ……。そう言ってしまうべきなのか。べきなんだろう。

でも言えなかった。

自分の弱さをつくづく感じた。


ちょっ、米山さん、あの時の、合コンに来てた宮本さんって人とどうなってるんですか、つか、どうかなってたらまずいんじゃないすか、てか、結婚してるってもしかしてまだ言ってなかったりするんじゃないですか。

ずばりそう訊いてきたのは戸倉だ。

なんで結婚してるって知ってるんだ、と言いかけ、ああそうだ、以前彼とこの店で一緒に飲んだ時、酔っぱらって口をすべらせたんだったと思い出す。

か。

米山さん、宮本さんと付き合ってるっていうじゃないですか。いいんですか。やばくないすか。

きみ、そんなことを訊くためにおれを誘ったのか、と正勝が問うと、戸倉はテーブルに置かれたばかりのビールグラスを手にしたまま、子供みたいにこくこくと頷く。

「付き合ってるってなんだよ、それ。何度か食事には行ったけど、それだけだよ」

正勝がそう言うと、戸倉は、明らかに信じていない顔をして首を振った。

「あの宮本さんて人はどうやらものすごく結婚したい人だそうですよ。米山さんと結婚する気、バリバリみたいっすよ」

「えっ？　結婚？」

「えっ、て、やだなあ、米山さん。あの合コンは、もともと、あの宮本さんって人が、結婚したいけど相手がいないって、あの時宮本さんの隣に座っていた住井さんに相談したのが出発点なんだそうですよ。って、おれも知らなかったんですけどね。つまり、見つけられちゃったわけですよ、米山さんは。宮本さんに。結婚相手として」

「なに言ってんだ。まさか。嘘だろ」

宮本さなえは、一度たりとも、正勝にそのようなことを仄《ほの》めかしたことはなかった。それどころか、結婚であるとか、愛であるとか、好きであるとか、そういった単語さえ、二人の間にはほとんど登場していない。

「嘘じゃありません。歩からそう聞きました」

「歩？　じゃあ、きみは、そっちに落ち着いたわけか。ゲイの道に進まず」

合コンの出席者だった歩とうまくいきかけていた戸倉がゲイの友人に告白されて異性愛と同性愛の狭間《はざま》で激しく混乱していたことを、正勝は知っている。

「どっちとも仲良くやってます。三人で飯食ったりしてます」

「は？　なんだって？　三人？　三人ってなんだ、三人って。三人で会ってどうする。きみたち、いったいどういう神経してんだ」

「宮本さんは米山さんのことを、ついに現れた白馬の王子様だと言っているそうですよ」

「誰が。誰を。え、おれ？　白馬？　王子？」

なにがなんだかわからなくて頭を抱えていると、戸倉が詳しく説明してくれた。

宮本さなえは、あの合コンで、ついに白馬の王子様と巡りあい、順調に交際中である、といっしょに合コンに出席した友人の住井瀬莉（正勝とも名刺交換した）に語ったそうなのである。ありがとう瀬莉ちゃん。それもこれも、瀬莉ちゃんがあの合コンに誘ってくれたおかげだわ！と、宮本さなえはカフェで結婚情報誌を広げ、ハート型が描かれたカプチーノを飲みながら住井瀬莉に言い、住井瀬莉はそれを合コンが開かれたステーキハウスでオーナー夫妻に語り、その妻の方（キョウコさんというらしい）が、義理の妹である歩に、あの合コンでカップルが生まれたなんてそれはそれで嬉しいけど、あたしとしてはそのカップルが歩ちゃんだったらもっともっと何倍も嬉しかったのになあ、とじつに残念そうに語り、歩はそれを、なんかむかつく、と言いながら戸倉に語ったらしい。キョウコさんたら、あの合コンの後、歩ちゃんがあの米山

さんとうまくいったらいいのになあ、って兄貴に話してたんだって、勝手に！　なんかむかつくでしょう⁉

「……と、彼女は息巻いたわけですが、こっちはそれどころじゃないっすよ。だって、米山さん、結婚してるはずだし」

「言ったの、それ」

「言いませんよ。言えませんよ、そんな爆弾発言。言わないから、こうして米山さんに会うことにしたんじゃないですか。どうなってんのか、よく訊いてみようと思って。もしかして、米山さん、詐欺師とか、そういう？」

戸倉が本気なのか冗談なのか区別のつきにくい顔で正勝に訊く。

「莫迦言ってんじゃないよ」

「ですよね。でも、有り得なくもない気がしてきて。なら、よかった。でも、いいんですか、このまま放っておいて。こじれたらまずいことにならないですか」

「なるね。って、ちょっと待てよ。あのさ、おれ、付き合ってないよ、宮本さんと。さっきも言ったけど、何度か食事しただけだよ」

戸倉が疑り深そうな目で正勝をちらりと見る。

「ほんとだって。それらしいこと、言ったおぼえもないし、むろん、身体的接触もない。つまり、そういう関係になってもいない」

「嘘でしょう？　だめですよ、米山さん、だまされませんよ」

「嘘じゃないよ。宮本さんには指一本触れてない。だからなんでそんなことになってんのか、わからない」

「ほんとですか。どうも怪しいなあ」

「ほんとだって！」

「じゃ、なんで、宮本さんは、米山さんと結婚するつもりでいるんだろう？」

「知らないよ。結婚するなんて、神に誓って言ってない。だって言うわけないだろ、おれ、結婚してんだから。重婚罪で訴えられちまう」

「それは言ったんですか」

「それ？」

「結婚してるってこと」

正勝は口をあけ、口をとじた。それをもう一度繰り返す。しかし声が出てこない。すぐにまたもう一度。口をあける。口をとじる。ぱくぱくぱく。

そうして、ようやく、声を出した。

「……言ってない」

戸倉が大きくため息をついた。

ため息をつきたいのはこっちの方だ、と正勝は思ったが黙っていた。

「米山さん、前に、相手を尊重しろとかリスペクトしろとか言ってませんでした？　ややこしくなるのはそういうのを怠った時、って。ぞんざいに扱うなとかなんとか、やけにかっこいいこと、さんざんおれに言ってましたよね。宮本さんへの態度と矛盾してませんか」

矛盾しているのかどうか正勝にはわからなかった。

宮本さなえをぞんざいに扱ったつもりはない。リスペクトだってしている。あんなに穏やかで心地のいい時間を作りだせる人をリスペクトせずにいられようか。

喉を潤すつもりでグラスに口をつけたが、飲む気にならない。諦めてグラスをテーブルに置く。

「結婚してるのか訊いてくれたらよかったんだ。そしたらちゃんと答えたのに」

振り絞るように声を出した。

「あのねえ、米山さん。あの合コンは、真面目な合コンだったんですよ。既婚者が混じってるなんて誰が思いますか。わざわざ訊きませんよ、そんなこと」

戸倉はそう言いながら、串焼きの肉にかぶりついた。さぞかし満足の味だったのだろう、素晴らしいスピードで平らげていく。

「指輪しとけばよかったんじゃないすか。指輪。結婚指輪」

「指輪ね」

「なんでしてないんですか」

「ないんだな、それが。指輪なんて要《い》らないって妻が言うもんだから」

正勝は右手で左手の薬指をこすった。

あたし、指輪してると指がむずむずするから嫌いなのよ、もらってもつけないと思う。だから婚約指輪も結婚指輪も要らないわ、とあの時玲子は言ったのだった。世間の価値に簡単に迎合しない玲子を、あの時は好ましく思い、指輪は省略した。〝だからって、まさくん、浮気したら許さないわよ、よくおぼえといてね〟

おぼえているとも、玲子。

浮気はしていない、誓う、誓うよ、玲子。

「どうするんですか、米山さん。結婚してるって、一刻も早く宮本さんに伝えた方がいいんじゃないですか」

「ああ」

しかし、今更どの面下《つら》げて、宮本さなえにそれを告げられるというのか。正勝には想像もつかない。土下座でもすればいいのか。ごめんね、宮本さん、きみ、ぼくと結婚したいそうだけど、あいにくぼくは既婚者なんだよ。

そんな告白は彼女を何重にも傷つけることになるんじゃないのか。

相手を尊重すればこそ、言えない言葉もある。

「なんなら、おれから歩に言いましょうか。で、歩からキョウコさん、キョウコさんから住井さん、住井さんから宮本さん、てな具合に話を伝えてもらったらどうです?」

「だめだよ、そんなこと！　大々的に広めてどうすんだよ！　彼女をますます傷つけるだけだろ」

「だけど……」

「言うよ。ちゃんと言う。だから放っておいてくれないか。頼むよ」

強硬にそう言い張ると戸倉は了承した。

合コンになんか、行かなければよかった。

つくづくそう思った。

宮本さなえと、出会わなければよかったんだ。


言おう言おうと思いつつ、気は進まず、進まないから食事に誘うことも出来ない。

あれほど頻繁に会っていたのにいったいどうしたのか、と訝しんだのだろう、控えめな彼女から電話が来た。どうかされたんですか、と言って。

不意打ちだったため、正勝は、動揺した。

ああ、うん、もごもご。なんだかもう、やけに忙しくて、残業続きで、もごもご。当分、食事どころじゃなさそうで、もごもご。

動揺しつつも、次の約束はしなかった。覚悟をしないと、彼女には会えない、正勝はそう思っていた。次に会う時は、肚《はら》を決めて彼女に会わなければならない。

宮本さなえは、正勝の豹変《ひょうへん》ぶりを責めなかった。

お疲れなんですね、お身体大丈夫ですか、と心配までしてくれた。

すまない、落ち着いたらこちらから電話する。

正勝がそう言うと、宮本さなえは、わかりました、待ってます、でもあんまりご無理なさらないでね、とささやくように返してくれた。温かい声だった。そのやさしさが身に沁《し》みた。

電話を切った後、むろん気まずさは残ったが、心底ほっとしたのも事実だ。少なくとも、あと一、二週間は猶予期間が与えられた。
一、二週間は、しかし、一、二週間ですまなかった。
油断していたら、三週間が、あっという間に過ぎていった。

仕方がない。

正勝にはわからないのだ。この局面をどう打開すればいいのか。いや、正勝が傷を負うのはかまわない。ただ、無傷で切り抜けるにはどうしたらいいのか。

宮本さなえに傷を負わせるのを避けたかった。あの子はひとつも悪くない。

電話でのやり取りを思い出すたび、宮本さなえに真実を告げる難しさに直面してしまう。

あの時の自分の狼狽えぶりは半端なかった。そんな体《てい》たらくで、はたして、面と向かって、真実を告げられるだろうか。そもそもそんなこと、すべきなのだろうかという疑問も湧く。あの人を傷つける必要があるだろうか。あんないい人をなんで傷つけなくちゃならないんだろう。

猶予期間がひと月近くに延びているうちに、玲子が、年末年始の休暇で戻ってきた。

大晦日《おおみそか》から揃って玲子の実家に行き、元旦を過ごしていったん家に戻り、二日、三日と栃木の正勝の実家に行く。あわただしくも賑《にぎ》やかに続く恒例行事である。玲子はよく飲み、よく食べ、よく喋る。正勝の実家でも物怖《ものお》じしない。姑である正勝の母は、こういう嫁のほうが気楽でいいわ、と言う。大阪で働いていることも、子供がいないことも、玲子の口から聞かされているせいか、とくに問題視していないようだ。孫ならすでに四人（近在に暮らす兄と姉のところに各二人）いるし、離れて暮らしているからあまり関心がないのだろう。

くたびれ果てて家に戻れば、二人で適当にインスタントラーメンやインスタントカレーや、鍋やなんかを作って食べ、ビールを飲む。風呂に入り、二人で寝る。気が向けばセックスもする。

いっしょにいれば、ああこういうものだったとすぐに順応する自分がいる。

んもうっ、脱いだ靴下、こんなところに置いておかないでよ！　まさくん、ぼーっとしてないで後片づけ手伝ってよ！　ちょっとお、いつまで寝てるのよ～。

玲子の小言がうるさいと感じだした頃、休暇が終わり、彼女は大阪へ戻っていく。

いつもそうだった。

あれだけ喋っているのに、我々は肝腎の話をしない。

昔はこうじゃなかったはずだ。

いや、そうでもなかったのだろうか。

結婚しても当分子供はいらないよね、と言っていた玲子。あっさり同意した正勝。あの時同意すべきじゃなかったのか。もっと話し合うべきだったのか。

って、あれから、何年だ。当分って、いったいいつまでなんだ？　まだ子供はいらないのか？

玲子が子供嫌いとは思えない。甥や姪との関係を見ていればよくわかる。玲子だって三十五だ。作るなら、意志的に努力すべき時期に来てるんじゃないか。

今回こそは大阪へ戻る前に話し合わねば、と意を決して正勝は訊ねた。

なあ玲子、おれたち子供、どうすんの？　まだいいの？

ソファに並んですわっていた玲子は、意外にも、そろそろ欲しい、と言った。

じゃあ作ろうよ。

しかしながら玲子は、でも仕事がねー、とまったくもって淡々と、雑誌をめくりながら、やけにのんびり続けたのだった。

一たす一は二だからねー、と当たり前のことを諭すようなその声。

それに挑発されてしまったのだろうか。

「辞めたらいいじゃないか」

あまりにも簡単に言ってしまって正勝は少し後悔した。なにもそんなことを言うつもりでこの話を始めたんじゃなかったのに。そう思ってももう遅い。

玲子の顔が急激に強張《こわば》った。それからゆっくり正勝の方を向く。

なんでこんな目で見るんだろう、と正勝は思う。たしかにちょっと簡単に言いすぎたきらいはあるが、でも、子供を作るとなればそうするより他ないじゃないか。

正勝はちょっと口元を緩め、笑みらしきものを作ってみた。決して媚びたわけではない。少し場を和ませたかったのだ。

しかしその笑み（らしきもの）は無惨にも玲子にはね返された。

あわてて正勝は口元を引き締め、すぐに笑み（らしきもの）を引っ込めた。

玲子の目が、まるで正勝を軽蔑しているかのように、ほんの数秒細くなる。正勝はそれを見逃さなかった。玲子の鼻がすん、と鳴った。言葉にするのも面倒です、とでもいうような、すん。

その、すん、に挑発されたのか、正勝の中に、殺意、というのはあんまりだが、それに近いような、どろどろしたどす黒い塊が蠢《うごめ》きだしていた。そしてそいつが勝手に言葉となって飛び出てきたのである。まさに勝手に。勝手に飛び出てきたことさえ、しばし気づかなかったくらいだった。

「ったく偉そうに、なにが仕事だよ、おまえ、よく言うよな。たいした仕事もしてないくせに、もうほんと、いい加減にしろよ。わかってんのか、おれがどれだけ我慢してるのか。いい加減気づけよ。なんのために結婚したと思ってんだ」

呪詛《じゆそ》のように口から言葉がこぼれでてくる。どう考えても自分のキャラじゃない。ああまずい、これはまずい、おかしいだろう、これは、と頭の一部が気づいてはいるものの、制御できず突っ走った。

深夜のコンビニ弁当、もしくはおにぎり。カップラーメン。缶コーヒー、週末の洗濯、風呂掃除にゴミ出し、クリーニング屋への往復、宅配便の再配達の手配、日常の些末《さまつ》な面倒がぐるぐると頭の中を回っていく。独身生活をおさらばした時いっしょにおさらばするはずだったものばかりだ。一度はおさらばしたのにおさらばしきれなかったものばかりだ。玲子が仕事を選ばなかったらおさらばできたものたちばかりだ。

「あきれた」

と玲子がつぶやいた。「我慢？　それならそうと早く言いなさいよ」

小声だったせいか、やさしく聞こえた。

「辞めてくれるの？」

反射的にそう言ってしまった。

玲子のため息が、今度こそ、はっきりと正勝の耳に届いた。

「そんなことしか言えないの」

全然やさしい声ではなかったおかげで、勘違いせずにすんだ。玲子は怒っていた。


玲子との離婚はそれから半年後。

あれがきっかけでぎくしゃくしだした関係は二度と元に戻らなかった。まあ、おそらく、すでにそこまで壊れていたということなのだろう。話せば話すほど、いや、話しても話しても、二人の溝は埋まらなかった。言葉がすれ違っていく。お互い相手に求めているものが、ひどく遠くにある、ということだけがはっきりしたのだった。

離婚に向けての話し合いの最中に、好きな人がいるのか、と訊かれたから、いない、と答えた。浮気は絶対にしていない。

いてくれたほうがわかりやすいんだけどなー、ほんとはいるんじゃないのー。玲子の誘導尋問にひっかかり、ふらふらと宮本さなえのことを言いそうになったが、なんとか堪《こら》えた。

すまない、力尽きたんだ、と正勝は謝った。このままこの生活を続けていくにはエネルギーが足りないんだ、大阪は遠すぎるんだ。もう無理なんだ。

子供がいなくたって、離ればなれで暮らしていたって、わたしたちにはわたしたちなりの夫婦生活があるって信じていたのになあ、と玲子は言った。

「そう思っていたのはわたしだけだったんだね」

ああしてほしかった、こうしてほしかった、と長らくためていたあれこれを正勝は玲子に語った。今頃になってようやく言いたいことが言えるなんて皮肉だな、そう思いつつ、洗いざらいぶちまけた。

離婚成立前夜、細々《こまごま》した荷物を取りにきた玲子に、どうしてそういうことを思うようになったのか正直に聞かせてよ、これで最後なんだし、と詰め寄られた。

とくにないよ、と逃げていたが、玲子に、もういいじゃないの、全部終わったんだから、わたし全部知りたいのよ、なんかあるんでしょう、きっかけのようなものが、と問いつめられ、そうだなあ、と考えた末、しぶしぶ合コンの話をした。きっかけ、っていうか、そう思うようになったのはあの合コンに出たからだろうなあ、と。

合コン？　と玲子は怪訝な顔をした。どこで。誰と。どんな。

ステーキハウスの名前を出し、ピンチヒッターで参加した合コンの一部始終を語った。

それからそこで出会った人と食事をするようになり、そのうちに、結婚生活に疑問が出てきたこと。こういう人と歩むべつの人生があったんじゃないかと思うようになったこと。ただし、その人とは食事をしただけだ、というのはくどいように強調した。その相手に興味の湧いたらしい玲子がつぎつぎに質問を繰り出し、正勝はすべてに正直に答えた。そうそう、これがおれたちなんだよな、訊きたいことを訊き、それをがっちり受け止めきちんと答える。少し楽しかった。後ろめたいことはなにもないのだから、堂々と答えることができる。そして正勝はほっとしていた。最後の最後に嘘をつかなくてすむ快感。玲子もとくに取り乱したりはしなかった。時折眉間に皺を寄せていることはあったが、怒っている様子はない。

「ビール、飲んでもいい？」

と訊かれたから、いいよ、と答えた。この家の冷蔵庫にはいつもビールが入っている。ついでに二人のお気に入りだったピクルスの瓶詰めを出しているのが見えた。

「まさくんも飲む？」

と訊かれたから、ああ、もらうよ、と答えた。受け取った缶のプルタブを引く。

ダイニングテーブルに向かい合わせにすわり、ピクルスを齧りながら缶のままビールを飲む。妙な達成感のようなものに包まれ、ビールがこのうえなく、うまかった。

ぼんやりと玲子の顔を見る。

明日、離婚届を出しに行く。つまり二人で飲む、これが最後のビール。そう思うと感慨も湧く。

いつのまにか静かになった。

黙って飲んでいた玲子がふいに正勝の方を見て、

「いっそ二股《ふたまた》かけてくれたらよかったのに」

と言った。

「なんだって？」

「二股かけてたら、こんな結果にはならなかったわね、たぶん」

玲子がごぶりとビールを飲む。

「なんだよ、それ」

「わからない？」

「わからない」

「そっか。わからないか。まあいいや。それで？　その人とはどうなってるの？」

「どうって？　だから言ったじゃないか、彼女とはなにもないんだ。連絡もしてないよ」

「まだ？」

「ああ」

「なんで？」

また玲子がごぶりとビールを飲む。

「きちんと離婚してからにしようと思って。中途半端に連絡するより、その方がいいだろ」

「莫迦ねえ」

「誠実と言ってくれ」

「ちがうでしょう」

「彼女にはきちんとすべてを話して謝るつもりだ。きっとわかってくれると思う」

「自信あるんだね」

「ああ」

玲子は、まあがんばって、と言って缶を少し上に持ちあげた。

もちろんがんばるよ、と缶を傾けた。

玲子が笑った。正勝も笑った。

「せいせいしたわ」

と玲子が言った。

「ああ、せいせいした」

「さっぱりしたわ」

「ああ、さっぱりした」

「わかってる？」

「なにを」

「わかってないなあ。ま、いいわ。健闘を祈りましょう。さてさて、まさくんはこのあと、どうなりますやら」

「なんだよ」

「なんでもない。それにしても暑いわね」

「湿度が高いから暑く感じるのかな」

玲子が立ち上がり、窓を閉め、エアコンをつけた。

宮本さなえの携帯電話の番号が変わっているなんて、誰がその時思っただろう。

いや、もしかしたら、玲子は気づいていたのだろうか。

5

ともかく早く結婚したい。

もたもたしてたらすぐに四十歳になってしまう。

このところ、さなえは猛烈に焦っていた。

職場で「さなえちゃん、さなえちゃん」と親しげに近寄ってくるのは、年輩の既婚社員ばかりだ。

「わかんないことがあったら宮本さんに訊きなさい、親切に教えてくれるよ」

新入りの独身男性社員は年輩社員のそんなアドヴァイスを真に受けて近づいてくるが、結婚相手としては願い下げだと判断せざるをえない冴《さ》えない男たちばかりだから、さなえはすべてばっさり切り捨てる。

結婚を前提としない恋愛も、今更するつもりはない。

女子大を卒業して最初に勤めた商社で不倫をした。一回り以上年上の、しょっちゅう海外へ出張している人だった。エアチケットやホテルの手配を担当していたから、知らず知らず親密になり、気づけば一緒に香港やシンガポールに行っていたのだった。もちろん、さなえは有給休暇を利用して。

どうやって口説かれたのか記憶にないほど、極々自然の成り行きだった。若かったから好奇心もあったし、まだ純心だったから好きだ、愛してる、綺麗だ、美しい、と臆面もなくささやかれる甘い言葉だけですぐにめろめろになってしまったのだった。

不倫ならではの辛さや不自由もあるにはあったが、海外へ行ってしまえば人目を忍ぶ必要もなく、普段味わえない刺激や快楽が圧倒的に降り注ぐのだから、さなえになんの不満があろうか。それにさなえは若かった。エレガントにエスコートされるだけで、十二分に愛されている気がしていた。彼のきびきびとした立ち居振る舞い、段取りのよさ、語学力の確かさ、慣れている人特有のスマートな態度、さりげない蘊蓄《うんちく》、それらすべてに痺《しび》れた。ホテルや食事も、一流というほどではないにせよ、居心地のいい、ムード満点のところを彼は上手に選び、さなえをうっとりさせてくれた。

まだその頃には結婚というものがさほど切実ではなく、だから、奥さんと別れてわたしと結婚して、というような、ぎらぎらした欲望は浮かびもしなかった。むしろ、このままずうーっと、この人とこんなふうに楽しく付き合い続けられたら最高だな、と呑気に思っていた。

子供だったとさなえは思う。

もっと戦略的になるべきだったし、本当に欲しいものを知るべきだった。将来についてもっと深く考えておくべきだった。

四年と少し経った頃、二人の関係を誹謗《ひぼう》する怪文書が職場で撒《ま》かれた。誰の仕業なのかはわからなかったが、幸い、これといった証拠を挙げられていなかったから、知らぬ存ぜぬで押し通すことにした。他に方法がないと二人で決めたことではあったのだけれど（だから後悔はしていないけれど）、その代償は大きかった。毅然《きぜん》とした態度を貫いたおかげで怪文書はガセということで事態は収束したものの、二人の関係は終わりになってしまったのである。嘘でしょうというくらいあっけなかった。だって仕方がない。会うに会えなくなってしまったのだから。怪文書を撒いた犯人がこれで諦めてくれたかどうかもわからないし、周囲の目はすっかり厳しくなってしまった。万一、この先誰かに見られたらすべてが水の泡になってしまう。ほとぼりが冷めたらまた会えるよ、と彼は何度も宥めるように言ったが、ほとぼりが冷めるのを待っているうちに、二人の気持ちも少しずつ冷めていったのだった。あんな状況でそうならない方がおかしい。だからといって、彼は、なんとかしようとは言ってくれなかった。どうなってもいいからあなたに会いたいと必死の思いを伝えてもすげなくされた。結局彼は何も捨てたくはないのだ、とさなえはようやく気づいた。わたしのためになにもかも捨ててくれ、とまでは言わないけれど、もう少しケアしてくれてもいいじゃないの、あんまりじゃないの、と涙にくれた。わたしをなんだと思っているの。そう大声で叫びたかった。が、プライドがさなえにそれを許さなかったのである。わたしは捨てられたんじゃない、わたしが捨てたのよ。そう思っていないと、気がおかしくなりそうだった。

あんな男、こっちから捨ててやる。

それで会社もろとも捨ててやった、つまり会社に辞表を叩きつけたわけだったが、後から考えれば、これは軽率な失策で、まさに相手の思う壺だった。

わたしが辞めてどうする。

おかしいじゃないか。

もしかして、そう仕向けられていたのではないか？　わざと冷たくされたのではないか？　わたしが彼のもとを自分から去るように。ひいては会社からも去るように。

あ、……あり得る。

すぐにそう気づいたさなえだったが、歯ぎしりして悔しがったかというとそうではない。さなえの場合、そう気づいた瞬間になぜかむらむらとまた恋の炎が再燃したのだった。まったくどうかしている。どうかしているとうすうすわかっていても、あの窮地をこうもうまく脱してしまうなんて、あの人やっぱり、さすがだわ、とつい感心してしまうのだ。そうして、こういう冷酷さのある人でなければ、ああいう大きな会社で評価されないのよね、とうっとりしてしまう。実際彼は、その直後、ニューヨーク支社に栄転した。ほらね、とさなえは満足した。わたしの見る目は確かだったんだわ。すると誇らしい気持ちにさえなってきて、いったん色褪《いろあ》せたはずの思い出までも新たな価値を得て燦然《さんぜん》と輝きだす。そうしてつくづく思う。ああいう人の奥さんになりたかった、と。もう少し早くあの人に出逢えていたら、わたしがそのポジションを確保できたのに、と。そのささいな運命の悪戯がさなえは残念でならなかった。

そんなふうだったから、別れてなお、その恋に引きずられ、二十代の残りを棒に振った。

その莫迦さ加減に気づいたのは三十を過ぎてからである。

その頃同年代の友人が次々結婚していった。

一つの恋に拘泥《こうでい》しているうちに、友人たちは皆、それぞれにふさわしいパートナーを見つけ、さっさとゴールインしていったのである。

誰かの結婚式に出るたびに、さなえは落ち込むようになった。極めつけは、住井瀬莉の結婚だった。仕事一筋で結婚なんて眼中になさそうだった住井瀬莉がいきなり結婚してしまったのだから衝撃は大きかった。

瀬莉ちゃんが結婚するなんてなんだか裏切られた気分だわ、と結婚式で冗談めかして責めると、結婚するつもりなんてなかったんだけどなんだかわかんないうちにこうなっちゃったのよね、と花嫁姿の瀬莉は照れた。シフォンレースの波打つ純白のヴェールから覗く瀬莉の顔は内側から発光しているかのごとくきらきらと輝いていた。いつになくおしとやかで美しい瀬莉を、隣に立つ新郎が愛おしげに見つめているのも心底うらやましかった。

わたしも結婚したい、とさなえは強く思った。瀬莉のようにばりばり働いていた女だって結婚するのだ。このわたしがしなくてどうする。転職後のさなえの仕事はたんなる事務職、会社での居心地は悪くないものの、これから先、何年働いたって、たいした展望はない。定年間近の高校教師である父と、パートタイマー的にカルチャーセンターでフラワーアレンジメントの講師をしている母からは早く結婚しろと圧力がかかるようになってもいた。遊び相手の瀬莉ちゃんが結婚したのならあなたもそろそろね、と母は急《せ》かす。不倫していた頃、海外へは瀬莉と行くと嘘をついていたのがあだになった。そうして母は極めつけのひと言をおまけのように付け加える。ぼんやりしてたらあなたひとりぼっちになっちゃうわよ、お父さんもお母さんもあなたより先に死ぬんだからね。一人っ子のさなえはそれを言われると辛い。母も年を取った。孫の顔くらい見せてやりたい。

ならば急がなければ！

ぼんやりしている場合ではない。とっとと相手を見つけなければ売れ残ってしまう！

だがしかし、売れ残ってしまう、と焦ったわりに、さなえは自分を売り物と認識したわけではなかったのだった。そこが、さなえのさなえたるゆえんである。さなえはあくまでも、買い手の姿勢を崩さない。いや、崩せない。ようするに、売れ残る、どうしよう、と言いながら、いい出物がないか手ぐすね引いて目を光らせていたにすぎない。

物色する、というと言葉は悪いが、自分の夫にふさわしい男を、さなえは買う気満々で探し求めた。

しかしながら、そう簡単に眼鏡にかなう男が見つかりはしない。

(こんな安物の男、いやだわ)

(この男は一見まずまずだけど、じつは上げ底ね、たいしたことない)

(ああ、だめだめ、こんな男じゃのちのち苦労するだけ。先が見えてる)

心の中でそんなジャッジメントを繰り返し、ちっとも買わない。

いざ買おうとしても、買ってやるぞ目線が抜けきれないせいか、お近づきになっても、みるみるうちにうまくいかなくなってしまう。二十代で経験したあのお姫さま体験は、スマートにエスコートされて楽しかった分、新しい恋の邪魔をした。不平不満が知らず知らず頭をもたげる。つまらない居酒屋へ連れられていき、挙げ句、当たり前みたいな顔で割り勘なんて言われると、途端に、なんなのよ、と腹立たしくなる。居酒屋はべつにいい。割り勘なら割り勘でもかまわない。でもそこに一つ芸がほしい。ごく自然に割り勘に持っていく芸。へえ、こんなすてきな居酒屋が、と驚かせて、楽しませてくれる芸。そもそも経済的弱者である年下の男は話にならなかった。それからたとえば、初めてのデートでもたもたされるのも嫌だった。待ち合わせの場所に現れても、すぐには動きださず、どうしよう、どこがいい？　とさなえの顔色をうかがうなんて言語道断。さあ行こうとさっさと手を差しだして素敵なところへ連れていってくれなくちゃ嫌だった。じゃあ、ここにしようか、と連れていかれた先がざわざわとうるさいだけの居酒屋チェーン店ではどうしようもない。いつの間にか日本人のデートの仕方が変わってしまったのかしら、と首を傾げたほどだったが、それらはみな、過去の記憶に裏打ちされていたのである。

最初にそれを指摘したのは同僚の紹介で二ヶ月ほど付き合った菊川《きくかわ》という男だった。博物館の学芸員をやっているというその男は、おそるおそるといった感じで、さなえさんは恋愛になにか自分なりのイメージがあってその通りにならないと嫌なんじゃないですか、と指摘した。だからいつも苛々《いらいら》してしまうんだろう、と。反射的に「ちがいます！」と答え、あんたに夢中になれないから苛々してるだけだっつーの！　頓珍漢《とんちんかん》なこと言ってんじゃないわよ！　と腹の中を怒りで煮えくり返らせたものであったが、別れて後、よくよく考えてみれば確かにそういうところがさなえにはある、と認めざるを得なかった。

次にそれを指摘したのは、二年前に入会した結婚相談所のカウンセラー、登茂田清《ともだきよし》だった。入会金も年会費もそこそこかかる、だがその代わり、身元のはっきりした、経済的にもそれなりの人間しか会員にならない相談所の、カウンセリングルームにいつもいる、地味な男性カウンセラー。この相談所はただ闇雲に紹介するだけでなく、相談室というのを設けて、会員の悩みやクレームを受け止め、前向きな気持ちにさせ、短気を起こしてやめようとする会員をなんとか押しとどめてしまうという、よく考えられたシステムで運営されていた。

さなえの通う支部の相談室には複数のカウンセラーがいたが、さなえの担当は登茂田と決まっていた。というのも、人気のない登茂田はわりと簡単に予約を入れられたからだ。彼は威圧的でもないし、説教くさくもない（年輩の女性カウンセラーにはこのタイプがままあった）ので、さなえがむしゃくしゃして、ここのコンピューターのマッチング機能狂ってるんじゃないですか、プログラム直しなさいよ、なんていうほとんど因縁、もしくは難癖のような文句を言っても、柳に風と受け流してくれる。そういう反応がちょうどよかった。さなえにしても、それは八つ当たりみたいなものだから、真剣に受け止められても困るのである。クライアントとカウンセラーの相性がじつにいい。

登茂田のブースで、プラスティックの器に入ったコーヒーを頂きながら、ぶつくさ文句を言っているだけで多少なりとも気は晴れた。

「宮本さんは、相手への希望や期待が大きすぎるんです」

のんびりした声で登茂田が言う。

「またそれですか。それはもうよくわかりました。わたしだって、気をつけるようにしています。でも気をつけてたって、ちっともうまくいかないじゃないですか」

ふてくされた態度でさなえが言い返す。

「この間の獣医さん。あれでスカッと決めてほしかったんですけどねえ」

このブースでの会話は二人以外に洩れることがないから、決めてほしかった、なんて身も蓋《ふた》もない言い方をしても許されるのである。そのせいか、近頃どんどん、馴れ合いになってきている。

「わたしだって決めたかったです。でも向こうが嫌だって言うんだから、しょうがないでしょ」

「うまくいってたじゃないですか。宮本さんもけっこう乗り気だったし」

登茂田はさなえより五つ上の四十歳。共働きの妻は結婚式場の営業で、小学生の娘がいる。登茂田は初婚だったが妻は再婚で、この娘は妻の連れ子らしい。

いつの間にか、そんなプライベートの事情にまで通じてしまった。

「わたしが乗り気だったのは最初だけです」

「そんなことはないでしょう。三回もデートしたじゃないですか。三回目まで進んだっていうのは、ここ一年で、最高記録でしょう。快挙です」

「嫌味ですか」

「いやいや。いいお相手だったのに残念でならないと言いたいだけです」

「三回っていったって、三回とも、なにかっていうと犬や猫の話ばかりでたいして盛り上がりませんでしたけどね」

「あのねえ、宮本さん。彼のような獣医さんにとって、犬や猫が日常なんですよ。それをつまらないと言ってしまったら彼だって立つ瀬がないでしょう」

「つまらないなんて言いましたっけ？　わたし、そこまでは言っていないと思います」

「言ってますよ、あちらからのお断りの理由にはっきりそう書いてあります」

登茂田がキーボードを叩いてデータを呼び出しながら責めた。

「普通、言いますか、そこまではっきり言いますか」

「だから言ってないですってば。つまらないって顔は、もしかしたら、少しくらい、してしまったかもしれないですけど、口には出してません。わたし、そこまで非常識な人間ではありませんから」

登茂田は、机の脇にあったカップを持ち上げ、ずずずとコーヒーを啜《すす》りながら、さなえをじろりと見た。

「気が強くてついていけない、とも書いてありますが？」

「はあ？　気が強い？　誰がですか？　わたしがですか？　とんでもないです。そんなことわたし、誰にも言われたことないです」

「非難口調、っていうのは？　なにか言ったの？」

「非難？　え、非難？　非難なんてしたおぼえはないです」

「一度も？」

「一度も、って。そりゃ、一度くらいあったかもしれないですけど」

　さなえは記憶を手繰《たぐ》り寄せ考えてみる。

「ああ、そういえば、どうしてそんなに決められないんですか、くらいは言ったかもしれません。だってあの人、ちょっと優柔不断なところがあって、どこへお食事に行っても毎回毎回延々とメニュー眺めてるんです。あと、もう一杯飲むかやめるか、たったそれだけのことで明日の仕事がどうのこうのっていつまでもぐずぐずしてるし。そんなことくらいとっとと決めなさいよ、って言いたくもなるでしょう？」

「いいじゃないですか、ゆっくり決めさせてあげたら」

「だから決めさせてあげましたよ。どうして決められないのって一度質問したくらいです」

「質問？　非難じゃなくて？」

「非難ってほどじゃないと思いますけど。我慢しましたよ、わたしだって」

「我慢ねえ……」

「だってほんとに男のくせして頼りない。そのくせ、うちの医院の評判がどうの、年収がどうの、代々受け継がれた屋敷がどうの、って自慢ばっかりしてるんだもの、なんだかみっともないわと思って無視したのが……もしかしたら、非難と受け取られた可能性は……あるかもしれません」

「自慢ばっかりってことはないでしょう」

「三十分に一回の自慢でも、印象は〝ばっかり〟になるものなんです！」

うんざりした気持ちを思い出しながら吐き捨てるようにさなえは言った。そんな男に振られたなんて腹立たしいにもほどがある。自慢するだけあって、条件的には申し分ないと思ったからこそ、付き合い続けてやったというのに、先にさなえが切られるなんて。こんなことなら先に切ってやればよかった。

「宮本さん、もう少し、自分を抑えましょう。猫を被れというのではありません。しかしながら、結婚したいのなら、結婚したいと思わせる努力をしないとゴールまで辿りつけません。この人と一生いっしょにやっていこうと思わせるような可愛げがないと、男は逃げていきますよ。いずれどういう人間かばれるにしても、情がうつった後の男は弱い。簡単に切り捨てられない。結果うかうかと結婚してしまうものなのです。いい加減、学びましょう」

「それはもしかしてご自身の経験から仰《おつしや》っているのでしょうか」

半分冗談でさなえが訊ねると、

「そうです」

と、重々しく登茂田は答えた。

面白くない。

登茂田の左手の薬指にはこれみよがしにプラチナのリングが光っている。

さなえは登茂田の、逆三角形で顎《あご》の小さい顔をつくづく眺めた。黒目がちの目がくりくりとよく動く。そのうえ、丸い黒縁眼鏡だ。ふざけているんじゃないかと思うくらいバランスが悪い。前傾姿勢で顔がちょっと飛び出て見えるので余計そう感じるのだろうか。

初めて見た時、蟷螂《かまきり》を思い浮かべたものであったが、いつのまにか、これはこれで味のある顔立ちだ、と思うようになっていた。そんなことを言ったら登茂田に、こらこら、と窘《たしな》められそうではあったが、窘められたいという欲望もたまに湧く。登茂田に窘められるとは、たとえば。やーん、コーヒーカップ割っちゃったー、こらこらなにやってるんだ。ばかだなあ。……と、こんなシチュエーションを想像する。窘められるだけではない。怪我《けが》してないかい、と心配そうに登茂田が訊ねる。指を差しだすと、すぐさま絆創膏を貼ってくれる。そんな愚にもつかない妄想をしつつ、こんな人と暮らしたらどうなのかしら、と考える。それはつまり、登茂田と寝てみたいという欲望にも直結しているわけではあったが、さなえはそんな素振りは微塵も見せない。いくらなんでもこの登茂田にそんな気持ちを抱いているなんて、自分で自分が許せない。

「そうやってうかうか結婚しちゃって登茂田さん幸せなんですか」

険のある声でさなえが訊ねると、蟷螂は笑った。

「幸せですよ」

にやけた顔で登茂田は続ける。「結婚なんてね、うかうかしちゃえばいいんです。だまされてしちゃえば。ぼくが妻と付き合いだした時、彼女に子供がいるなんてぼくは全然知らなかったんですからね。付き合って四ヶ月か五ヶ月経った頃だったかなあ、ようやくその事実を告げられたんですが、その時にはもう、彼女以外の人と結婚するなんて考えられなかった。吃驚《びっくり》はしましたけど、逆にそれでプロポーズする勇気が出たくらいです。そういうものなんですよ。彼女の方はぼくに諦めさせるつもりですべてを告白したそうですけどね。むろんうちの親兄妹は大反対。大騒動になりましたが押し切りましたよ。一緒になってみたら確かに苦労もいろいろありましたが、まあ、それも幸せのうちって割り切ってます」

「その話は前にも一度うかがったと思いますが」

慇懃《いんぎん》にそう言うと、登茂田は少し焦った顔をした。

「そうでしたか、失礼」

「とにかくその気にさせるまでがんばれ、って話なんですね」

「そうです、そうです。あんまりね、我を通しちゃいけません。我なんてものは、のちのちいくらでも通せます。好きなだけ通せます。ですからゴールするまではともかく抑えて、抑えて、ね。わかりましたか、宮本さん。とりあえず、にこにこです、にこにこ」

「わかりました。にこにこしてりゃいいんですね」

「そうそう。今度はそれでいってみましょう。あなた、にこにこしていると癒し系のグラドルみたいですよ」

「グラドル？」

「いや、失礼。グラドルは余計でした。癒し系でいきましょう、と言いたかった」

「癒し系？」

「癒し系は強いです。無敵です。一度試してご覧なさい」

それで試してみた。

米山正勝という男に。

米山とは、合コンで知り合った。離婚してバツイチになった瀬莉が誘ってきた合コンである。瀬莉は、結婚したい結婚したいと言い続けているさなえのために開いてくれたと言っていたが、本当だろうか。本当か嘘かはこの際どうでもいい。チャンスがあるならどこへでも行く、という貪欲《どんよく》な気持ちで参加したら、思いがけずめざましい釣果があった。

男性参加者三人のうち、好感度の高かった二人の男に、楽しかったです、ありがとう、とメールをしてみると、どちらからも食事に誘われたのだった。

米山正勝と小野利也《としや》。

熱心なのは小野だったが、さなえの好みは米山（顔が）だったから、とりあえず米山と食事してみた。

にこにこしていた。

どうでもいい会話をしてにこにこしているだけなので楽といえば楽だが、にこにこしているだけでは、ちっとも進展していかないのだった。何度会っても同じだった。早くわたしを食べてくれればいいのに米山は近づいてもくれないのだった。

相談所を介した出逢いではないので本来ならば登茂田に相談するのは筋違いだったが、毎月会費を払っているのだからと、強引に相談してみると、登茂田はその調子でいい、と言う。

「それだけ頻繁に誘ってくるということはまちがいなく向こうはあなたに好意を持っています。うまくいってますよ！　この際どこで出逢おうとそんなことはどうでもいい、ぼくは宮本さんに幸せになってもらいたいのです。このままいきましょう！　やっぱり癒し系は強い。にこにこですよ、にこにこ！」

そんなものかと思ったので、そのままいくことにした。

小野利也からの誘いも続いていたが、登茂田が二股は止《や》めろ、と厳しく言うので、当たり障りのないメールのやりとりだけに留《とど》めた。

米山との食事はあれよあれよという間に週に二、三回までになった。これはもう、付き合っていると考えていいだろう。たしかに、にこにこには効果がある、とさなえは実感し、ますますにこにこするようになった。米山はもう、さなえの虜《とりこ》だ。見てればわかる。ちょっと紳士的すぎるのがひっかかるが、夫にするにはそのくらいの人の方が安心だろう。

瀬莉にも報告した。驚きつつも、

「おめでとう。よかったねー。婚約まで時間の問題だねー！」

と喜んでくれた。

「ありがとう、瀬莉ちゃん。米山さんに巡りあえたのも瀬莉ちゃんのおかげだよ。運命って不思議。瀬莉ちゃんがあの合コンに誘ってくれなかったら米山さんに出逢えなかったんだもん」

そう言うと、瀬莉は、運命なんてそんなものだよ、出逢うべくして出逢い、気づいたら結婚してるんだから、と苦笑した。

「瀬莉ちゃんもそうだったの？」

「まあ、そうかな。そのくせ、別れるのも早かったけど」

「瀬莉ちゃんたら」

二人で笑った。たまたま開いていた結婚情報誌をめくりながら、ドレスのあれこれ、結婚式場のあれこれを瀬莉とおしゃべりした。瀬莉の経験者ならではの発言は、大いに役に立つ。

ようやく結婚が現実的になってきた、とさなえは有頂天だった。

それなのに、あと一歩の距離が、どうしても縮まらないのである。

おかしいじゃないかと登茂田に詰め寄ると、大丈夫大丈夫、と登茂田は気楽な口調で返す。いいですか、宮本さん、あと少しで師走《しわす》ですよ、これからじつにいい季節だ、師走にはなにがありますか、そう、クリスマスですね、ここに勤めているとよくわかりますが、クリスマスにはなにかが起きるんです、動きがあるんです。いやあ、なんだかんだ言ってクリスマスは強い。昔ほど威光はないと言われますが、なんの、なんの、自動的に一コマ二コマ進みます。すると次には何がありますか、そう、年末年始だ、イベント続きだ、またコマが進みます、このまま焦らずにいきましょう。路線変更もしないように。

本当だろうか、と訝しみつつも、ここまでにこにこ路線できたことだし、それでうまくいっているのことだし、このまま突き進むことにした。もう結婚相手は米山以外考えられない。仕事は平均以上にできる人のようだし、サラリーもまずまずのようだし、ビジュアルも問題ない。

頭も悪くなさそうだし、センスもそこそこよい。エスコートする力も、まあまあ、ある。連れていってくれる店は、どこも雰囲気のいい、高級店というほどではないにせよ、料理のおいしいところばかりだった。食事代もすべて出してくれた。いっしょにいて楽しかったし、性格的な問題もとくになさそうだった。おまけに次男で、親の面倒を見なくてよさそうだし、穏やかで思いやりもあった。非常識でもなかった。足りないのは強引さだけ。手すら握ってくれないのはどうかと思うが、とはいえ、こちらから誘うのも気が引けた。どうしてだろう、わたしには女としての魅力がないのだろうか、と不安になりだしたものの、いやいや魅力がなかったら、こうも頻繁に誘ってくれないはず、と思い直し、要らぬ不安は払拭《ふっしょく》した。恋人どころか夫婦と間違われることすらあったのだ。二人の空気が親密なのは誰の目にも明らかだろう。

これからこの人と共に人生を歩んでいきたい。心からそう願うようになった。

だからこそ、急に約束が途絶えた時、激しく動揺したのだった。

師走は、文字通り走るように過ぎていく。

米山から食事の誘いは一切なかった。あれほど頻繁に誘ってくれたのになぜ、とさなえは苛立ちと混乱と焦燥と悲しみでぐちゃぐちゃになっていた。なにかあったのならあったで、どうしてひと言相談してくれないのだろう。必要ならなんだってするのに。わたしを頼ってくれたらいいのに。米山さんの役に立ちたいのに。

思いあまって電話してみたら、残業続きで忙しいとけんもほろろに対応された。師走なんだから忙しいくらいはわかっている。忙しくたって、一日や二日、いっしょに食事したっていいではないか。都合はいくらでも合わせられる。短い時間だっていい。

食事が無理でも電話くらいできるじゃないか。電話が無理ならせめてメールだけでも。

落ち着いたら電話すると米山はさなえに言っていたけれど、待てど暮らせど電話は一向にない。

職場でもぼんやりしてしまって、どうかしたのか、なんならメンタルヘルスの先生のところへ行ってみてはどうか、と上司に心配される始末。

つい数週間前、薔薇色に輝いていた未来はいきなり奈落へ突き落とされ、沈んだ灰色へと変化してしまった。なんでわたしがこんな目に遭わなくちゃならないんだろう。なにか失敗をしたのだろうか。記憶を手繰ってみても、思い当たる節はまるでなかった。楽しく手を振って別れた最後の記憶でさえ、みごとなまでに甘やかだった。あの時さなえは未来に対してなんの不安も抱いていなかったどころか、むしろ、喜びに包まれていた。まさに天にも昇るような。

いったいどうして米山はいきなり豹変したのだろう。

電話して、米山に直接、ひどいじゃないかと、ぎゃんぎゃん喚《わめ》きたかった。

実際、電話しようとしたことは何度もある。だがそのたびに考え込んでしまうのだ。いくらなんでもキャラが違いすぎる。頭がおかしくなったと思われないか。さなえは自分で作り上げたにこにこキャラに縛られていた。ここで下手《へた》なことをして、いっぺんに嫌われてしまったらどうしようもない。

もう少し辛抱すべきじゃないか。

辛抱くらいできるだろう。

さなえは己に問いかける。

できる。

でもいつまで？　いつまで辛抱したらいいんだろう？

クリスマスは刻一刻と近づいてくる。

登茂田に相談したら、気の毒そうな顔で、遠回しに振られたんじゃないか、と言われた。

「そんな莫迦な」

とさなえは叫んだ。「振られる前兆なんて、なにひとつありませんでしたよ！」

ううむ、と登茂田は唸った。

「今回はデータを呼び出せないしなあ。何がいけなかったんですかねえ？」

「ちょっと！　だから、振られてないって言ってるでしょ。しょっちゅう会ってたし、喧嘩もしませんでした。ずっとずっとずっと、すっごく楽しいデートだったんです！」

「たしかに今回は順調そうでしたが」

「順調そう、ではなく、順調でした。まちがいなく！」

「かもしれませんが、もう三週間近く会ってないんでしょう？　連絡もろくにない。いきなり三週間空くってのはちょっとなあ。明後日《あさって》はクリスマスです。明日はイヴです。順調なカップルがここをスルーするとは考えにくいのですが」

さなえはぐうの音《ね》も出なかった。反論する気持ちにもなれない。

「じゃあ、わたしの結婚は……」

「まあまあまあまあ、気を落とさずに。宮本さんのお相手候補はまだいくらでもいます。新しく会員になられた方のリスト、かなり増えてますよ。御覧になりませんか。ずいぶん長いこと御覧になってないでしょう、好みの男性がいるんじゃないかな。ええと、今、リストアップします」

「けっこうです」

「え？」

「連絡が来るかもしれないし」

登茂田が曖昧な顔で、首を傾げた。

「だってそうでしょう？　連絡が来たら会わないといけないし！　他の方にうつつを抜かしている場合ではないではありませんか。登茂田さんだって二股かけるなって仰ったでしょ」

「はあ、それはまあ……」

「わたしは、彼からの連絡を待ちます！　イヴは彼と過ごします！」

「うん、まあ、それならそれでいいですけど」

哀れむような目にかちんとくる。

「連絡は来ます！　きっと来ます！」

「です、よね」

「楽しいイヴを過ごします」

「それならいいですが」

さなえは、息を大きく吸い込んで、静かに吐いた。

「それで？　登茂田さんは？　どうされるの？　もちろん、ご予定はあるんでしょう？」

なければいいのに、と思ったが、登茂田は、あっさり、ええ、と頷いた。

「ぼくは、家族とイタリアンへ。友達が先月開いた店なんですけど、宣伝もまだろくにしてなくて、クリスマスの予約も不調だとか言うんで義理半分。よかったら宮本さんも使ってやってください、本場で修業を積んだやつですから、味は保証しますよ、って、こんなこと言ったらいけないいんだった。職務違反になりますね」

「気にしないでください。わたしもそちらにうかがおうかしら。なんてお店？」

登茂田がこっそりショップカードを渡してくれる。グリーン地に赤いリボンのデザイン。まさにクリスマスカラーだ。さなえの眉間に知らず知らず、ぐうっと力が入ってしまう。

「宮本さん、あまり焦らない方がいい」

登茂田が額《ひたい》を掻《か》きながらさなえを見た。「その米山って人がクリスマスを餌に借金なんか申し込んできても、引き受けたらいけませんよ」

さなえはまじまじと登茂田を見る。

侮辱するにもほどがある。

「米山さんは結婚詐欺師なんかじゃありません。わたし、人を見る目はあります。米山さんは

は」
「万が一も二もありません！　わたし、だまされてたんじゃありません。わたしは、わたし
そんな人じゃない！」
「いや、万が一ですよ、万が一」

なにが言いたいのかわからなくなって口ごもっているうちに、言葉の代わりに涙が出てきてしまった。登茂田がびっくりして身を乗り出してくる。さなえは口元を右手で覆った。泣くわけにはいかない。しかし、涙が。

「ああそうだ、そうですよね、宮本さんはだまされちゃいない。いや、申し訳なかった。要らぬおせっかいを焼いてしまった。大丈夫、大丈夫。宮本さんは幸せな結婚、できますよ。だからそう落ち込まずに」

その場凌《しの》ぎで調子のいいことを言う登茂田に腹が立ったが、それを言葉にはできなかった。言葉にしようとするとぽろぽろと涙が出てくるのだ。パイル地のハンカチを取りだして目元を拭《ぬぐ》う。マスカラなのか、アイラインなのか、ハンカチが少し黒く染まる。

悔しい、とさなえは思った。

こんなみじめな気持ちにさせられて悔しい。

そして、悲しい。

望んだのはたったひとつ、米山さんとの幸せな結婚だけだったのに。

それがたぶんもう無理なのだと思うとさなえはとても悲しかった。

諦めの気持ちがさなえを覆う。とはいえ、米山がもしも、借金を申し込んできたりしたら自分はどうするだろうと考えた。ちゃんと断れるだろうか。連絡が来たというだけで舞い上がってしまったりはしないだろうか。せめてクリスマスイヴだけでもいっしょに過ごしたいとおかしな欲に囚《とら》われないだろうか。どうにも自分に自信がない。ちゃんと断れたとして、今以上に自分は傷つきはしないだろうか。

どう動いても、傷つきそうな気がする、とさなえは深いため息をついた。

情けないけれど、そのくらい、米山に執着している自分がいた。

いっそクリスマスの予定を作ってしまえばいい、と気づいたのは、登茂田のところを辞去した直後だった。

予定があれば、米山から連絡が来ても心を乱されなくてすむ。多少乱されても、実害は小さい。

さて、では、誰を誘えばいいだろう。

女友達ではつまらない。それに、もしも米山から電話がかかってきたら、あなたといっしょにクリスマス過ごしたかったのに、あなたがわたしを抛《ほう》っておいたから、こんなことになったのよ、と訴えたい気持ちもあった。だから男の人がいい。

登茂田はだめだ。彼には家族がいる。家族と過ごすと言っている。

考えているうちに、小野利也のことを思い出した。

小野利也はぴったりの相手だった。

メールのやり取りはずっと続いていたし、それとなく、誘われ続けてもいた。小野利也なら米山も面識がある。当てつけるのにちょうどいい。

〝クリスマスイヴ、仕事の予定だったのですがなくなりました。もし予定が空いていらっしゃいましたら、ごいっしょにいかがですか〟とメールしてみたら、すぐに返事が来た。

〝うれしいなあ、ようやくお誘いいただけて感激です。しかもクリスマスイヴ！　ぜひともご一緒したいです！　とっておきの店にお連れしますよ。宮本さんは、なにがお好きですか？　和食？　フレンチ？　イタリアン？〟

さなえはすぐに返信した。

〝オープンしたばかりの穴場のイタリアンレストランを知っています。味は保証付きだそう〟

〝ああいいですね、ぜひ行きたいです〟と返事が来たのでカードを取りだし、さっそく予約した。

登茂田と鉢合わせするだろうがかまやしない。というか、登茂田に、見せつけたかったのかもしれない、とさなえは思った。あんなふうに泣くところを見られた悔しさが、さなえの心の奥底にあったのだろう。

小野はハンサムとまでは言えないが、温和な顔立ちにはそれなりに好感が持てたし、やや額の生え際が後退しているものの禿《はげ》というほどではないし、頭部に比べ首がみょうに太いと感じるものの、そんな独特の体型をカバーすべく、きちんと採寸して仕立てたらしい、上質のウールのスーツがとてもよく似合っている。これなら登茂田に見られても恥ずかしくない容姿だ、とさなえは待ち合わせの場所で思ったものであった。

店内に入ってすぐ、登茂田がいるのに気づいたが、席が離れていたのをいいことに、挨拶は交わさなかった。登茂田も、一瞬、おやっという顔をしたものの、あえて素知らぬ顔で通し、妻や娘と仲睦《なかむつ》まじく、ディナーを続けている。血の繫《つな》がらない娘のはずだが、どことなく、雰囲気が登茂田に似ている。

「いいご家族ですね」

と奥のテーブルを見やりながら小野が言った。

「ほんと」

「ああいう家族って、宮本さん、どうですか」

「いいですね。でもわたし、あんなふうににこにこしたいい奥さんにはなれないわ」

「そうですか?」

「ええ。まあでも、おうちに帰ったら、あの人だってにこにこなんてしてないかもしれないですけど」

小野が笑った。

「それでいいんですよ。仏さんじゃあるまいし、人間、そうそうにこにこばかりしていられない」

「そうですよね」

「そうですよ」

小野との食事は楽しかった。とくに好かれたいとも思っていなかったから、言いたいことを言い、食べたいだけ食べ、飲みたいだけ飲んだ。にこにこ笑うのではなく、げらげら笑った。

小野は料理を褒めた。的を射た褒め言葉が伝わったのか、シェフがわざわざ顔を見せにきたほどだった。小野とシェフの会話が弾むのを見ながら、さなえの顔は自然に綻《ほころ》んでいった。

「なに、笑っているの?」

と小野に訊かれた。

「え、笑ってる?」

さなえが頰《ほお》に手をやると、小野が目を細めた。温かな視線に、包み込まれる心地がするのはなぜだろう。

「楽しそうに笑ってる。いい笑顔だ」

小野に褒められた。

さなえはその夜、小野から、結婚を前提とした交際を申し込まれた。

ぽかんとなったさなえが、小野を見る。

小野は、しずかにじっとさなえの返事を待っている。

信号が二度青になるのを眺めた後、さなえはイエスと答えた。

小野に抱きしめられた時、さなえの脳裏から米山は消えた。

6

人の縁が不思議なものだというのは重々承知している。

瀬莉にもおぼえがある。

あの日、あの新幹線に乗らなければ、そうしてあの席にすわらなければ、瀬莉は久保田《くぼた》弘人《ひろと》に出会わなかったのだったし、出会わなければむろん、あんなふうに、なかば電撃的に結婚することはなかったはずだ。

部長の代理で出席した、大阪での懇親会の帰り。

新幹線は、名古屋を通過した豊橋あたりで、豪雨による河川の増水のため、停車してしまったのだった。

台風が近づいていることは知っていたが、最新情報を確かめないまま、なんとかぎりぎり帰りつけるだろうとあわてて乗った最終手前の新幹線だった。翌日は午後出勤でいいと言われていたのだから、大阪で一泊してくればよかったと悔やんでみても遅かりし。急遽決まった出張だったので、宿泊の準備をしてきていないと躊躇ったためだが、そんなもの、たいした出費ではないんだから買えばよかった。ホテル代だって、会社に請求したら、出してもらえただろう。

だいたい部長が懇親会のことを忘れていたのが悪い！　今日になって思い出して、いきなり代わりに行ってきてくれもないもんだ！

深々とため息をついて、真っ暗な車窓を眺めていたら、隣の男がとんとんと、肩を叩いた。

どうぞ、とミネラルウォーターのペットボトルを渡される。

きょとんとしていると、何時間停まるか、わかんないですからね、こういう時はとりあえず、水の確保、と言われた。

はあ、と受け取り、代金を払おうとすると、いや、いらないです、ついでに買ってきただけだから、と突っ返す。じゃあ、お言葉に甘えて、と礼を述べ、代わりにガム（いつも鞄《かばん》に入れて持ち歩いているミント味）を差しだしたら、今度は笑って受け取ってくれたので、それをきっかけに、少し話をした。困りましたねえ、とか、まさか停まるとはねえ、とか、そんな話。

それから一時間くらい、瀬莉はぐっすり寝て、起きたらまだ新幹線は停まっていて、運転再開の見通しはまだたっていないそうです、と隣の男に告げられた。

いったん眠ったせいか、すっかり諦めもついて、ペットボトルのキャップを捻り、ゆっくり水を飲んだ。

あとはもう、暇つぶしのおしゃべりでもするしかないだろう。

どんな話をしたのかよくおぼえていない。どんな仕事をしているとか、どこに住んでいるとか、年齢であるとか、趣味であるとか、そんな話。途中で名刺交換をして、相手の社名（聞きおぼえのある建設会社の名前）を見たから、警戒心はなくなっていた。といって、まったくなかったかというとそんなことはなく、だから瀬莉は、一人暮らしのプライベートについてはあまり話さないように注意していた。どこでどんな災難が降りかかるかわかったものじゃない。

それに比べ、久保田弘人はすべてにおいてオープンだった。

出身は茨城。兄と弟がいる三兄弟の真ん中。大学進学時に家を出て、今は三鷹で一人暮らし。恋人はいない。もう三年ほど、誰とも付き合っていない。仕事柄、出張が多くて、恋人を作りにくい環境にある。開発用の土地を見つけてきて検討したり買収したりする部門にいるから、理不尽なトラブルに巻き込まれたこともある。正直今の仕事にはうんざりしている。新規の開発よりも再開発に興味があって、そういう仕事がしたいとつねづね会社に訴えているのだが、意図がうまく伝わらなくて、近頃上司や同僚とぎくしゃくしている。

お互い、いきなり恋に落ちたわけでも、結婚をイメージする相手だったわけでもないのに、なんとなく、また会う約束をしたのはなぜだったろう。昔から知っている同級生みたいに話が弾んで、明け方近く、東京駅に着く頃には自然に、また会いましょう、という感じになっていた。

とはいえ、友達感覚の約束だったかというと、やはりそれとも少し違った。ほんとうにごくうっすらとではあるが、ひょっとしてわたし、この人と結婚するんじゃないかしら……と感じていたような気もするのだ。

翌週再び会うと、二人はもう何年も付き合っている気心の知れた恋人同士といっていいような空気を醸しだしていて、その心地いい空気にひきずられるように、二人の仲は急速に深まっていき、当たり前のように結婚が決まってしまったのだった。

出会ってしまったらそのまま結婚までまっしぐら、みたいな相手がこの世にはいるのだろうか。


それにしても縁とは異なもの。

宮本さなえのウェディングドレス選びに付き合いながら、あらためて瀬莉は思う。

「瀬莉ちゃんよ。瀬莉ちゃんがわたしたちを結びつけてくれたのよ」

と、さなえは言う。

「瀬莉ちゃんがあの合コンを開いてくれなかったら、わたし、利也さんに出会えなかった」

それでドレスの下選び（決定するのは来週、新郎と新郎の母と共に、なのだそうだ）に付き合うことになったのだったが、あの合コンでまさか、さなえが結婚にまで漕《こ》ぎ着けるとは思わなかった。

しかも小野利也と。

合コンの会場だったステーキハウスに酒を卸している会社の跡取り息子。さなえにしてみたら、申し分のない相手であろう。しかしながら、まさか小野利也とさなえが結婚するなんて！というのが瀬莉の正直な感想なのである。

さなえにそれを告白された時、瀬莉は目を剝《む》いた。

「小野さんって、あの時の、あの合コンに来てた、あの小野さん？」

そう、とさなえはほんのり頬を赤らめる。

「瀬莉ちゃん、小野さんのこと、ちゃんとおぼえてる？」

「お、おぼえてるよ、もちろん」

「じつはね、半年くらい前から付き合ってたの」

「だれと」

「だから小野さんと。小野利也さんと」

瀬莉は頭を抱えた。わけがわからなくて。なんの屈託もない顔でにこやかに微笑んでいるさなえを見てますます瀬莉は混乱する。

「だってさなえ、あのあと米山さんと付き合ってたじゃない？　あの時、ええと、いつだっけ、去年の秋……ほら、表参道のカフェでそう言ってたじゃない。あの時、さなえ、米山さんと結婚するってあたしに言ったよね？」

「言ってない」

さなえは即答した。「それは瀬莉ちゃんの勘違い」

「勘違い？　わたしの勘違い？　莫迦言わないでよ、そんなはずないでしょう、だってあの時さなえ……」

「勘違い」

「どうして。そんなわけないよ！　あの時、さなえ、米山さんと付き合ってるってはっきりわたしに言ったもん！」

「だから勘違いなの。そっかー、そうだよね、瀬莉ちゃんが勘違いしたのも無理はない。わたしの言い方が悪かったんだね。あのね、瀬莉ちゃん、あれね、違うの。わたしと米山さんの間にはなにもなかったの。だから結婚なんてできるわけない」

「嘘」

「ほんと」

「嘘だよ」

「嘘じゃない」

「嘘だって」

「ああもうお願い、瀬莉ちゃん。その話は忘れて。あの時瀬莉ちゃんに言ったこと全部わたしの勘違いなの。瀬莉ちゃんが勘違いしたのは、わたしが勘違いしてたから。とにかく、わたし、あの人とは付き合ってなかったの。何度かいっしょに御飯を食べただけ」

「嘘嘘嘘」

「だから嘘じゃないって！　神に誓って、ほんとにそれだけなの！　わたしたち、うまくいかなかったのよ！　付き合えなかったの！」

「嘘嘘嘘嘘嘘」

「ほんとに付き合うところまでいかなかったんだって！」

「嘘嘘嘘嘘嘘嘘」

「瀬莉ちゃん、しつこい。ほんとにほんとなんだったら！　もう、そんな古い話、どうでもいいじゃない。とっとと忘れてよ」

「古いってまだこないだのことでしょうが」

「もう去年のことよ」

「あ！」

「なに」

「だからあんた、携帯の番号、変えたんだね！」

「変えてない」

「変えたじゃない」

「サブのつもりで買ったスマホをメインにしただけ」

「嘘嘘嘘嘘。前の番号、使えなくなってたじゃん」

「あー、だからそれはさー、実際スマホを使ってみたら、二台も要らないか、ってことに気づいちゃったの。スマホがあれば十分だもんね。それで携帯解約しちゃったの。それだけのこと」

「つまり番号変えたってことじゃん！」

「だとしても、それとこれとは関係ないの。たまたま。偶然。とにかくわたし、米山さんとは御縁がなかったのよ。ねえ、瀬莉ちゃん。米山さんのことは金輪際忘れて。べつに隠し立てするような疚《やま》しいことはなにもないけど、利也さん、知らないのよ。わたしと米山さんが御飯食べに行ってたこと。同じ合コンで出会って、先にべつの人と親しくなってたって、彼にしてみたら面白くないでしょう。それで黙ってることにしたの。米山さんとわたしが確かに付き合ってたっていうなら、べつよ。もしそうだったんなら、隠さずちゃんと告白する。だけど、わたしと米山さんの間には、ほんとに、なんにもなかったんだもの。だったら、不快にさせるだけの話をわざわざ彼にする必要はないじゃない？　そうでしょう？」

「そうだね、たしかに。ただ御飯食べてただけの関係を知らせる必要はない。そういうことだね。はいはい、わかりました。黙ってます。ごもっとも。ようくわかりました」

瀬莉がこの時、ここで潔く引いたのにはわけがある。

あの合コンの後、瀬莉は小野利也と二度、食事をしていた。さなえの論理に基づくなら、二人の間になにも起きなかったなら、あえてそれを知らせる必要はない、ということになるではないか。よしそれならわたしも黙っていよう、と瀬莉は咄嗟に判断したのであった。小野利也は黙っているだろうか、あちらからばれたらまずいことになる、と危惧したけれど、よくよく考えれば話すつもりならとうに話していなければおかしいし、彼もよけいなことは告白しない人のような気がした（どうやらその通りだったらしい）。

とっかえひっかえ、ウェディングドレスに手を通すさなえは、うきうきと心から楽しそうだった。あれもいい、これもいい、とちっとも候補を絞れない。

あらかじめ決めておかないと、来週、彼と彼の母親と選びに来た時に気を遣った挙げ句、意見を丸呑みして後になって後悔したら嫌だ、とさなえは言ったが、そんなことよりも、こんなふうに思う存分、きゃぴきゃぴとドレス選びを楽しみたかっただけかもしれない。

「ねえねえ、瀬莉ちゃん、これとこれなら、どっちがいい？」

「さっきのレースの方が似合ってたけど、ちょっと子供っぽかったよね」

「だよね。じゃあ、これと、こっちとでは？」

「こっちかなあ」

「じゃ、これ着てみる」

サロンの担当者は、すでになんのコメントも差し挟まなくなっていた。さなえに命ぜられるまま、淡々とサイズの合うドレスを用意し、片づけ、再び用意し、という動作を絶え間なく繰り返している。

結婚願望の強かったさなえだけに、結婚が決まって喜びもひとしおなのだろう。

しかしまさか、あの合コンがこんなことになるなんて、とウェディングドレス姿のさなえを見つめつつ、縁というものの不思議さを噛みしめずにはいられない。

そもそも、あの合コンが開かれたのは、別れた弘人からの久しぶりの電話に瀬莉が動揺し、それをステーキハウスの鏡子さんにうっかり話してしまったからで、つまり瀬莉が離婚していなければあの合コンは開かれなかったわけで、もっと遡れば、瀬莉が結婚しなければ、あの新幹線に乗らなければ、あの合コンは開かれなかったわけで、そうなると、この縁には、弘人も大きく関わっているともいえるではないか。

昨夏、ようやく秋の気配がかすかに感じられるようになった頃、いきなり弘人が電話してきたのは、瀬莉にマンションの購入をすすめるためだった。

瀬莉にぴったりの、すごくいい物件があるんだ。

いくら円満な離婚だったとはいえ、あれから一年半、そんな電話がかかってくる日が来ようとは思っていなかったから、瀬莉は複雑な気持ちになってしまった。たとえどれほど追いつめられたからといって、しゃあしゃあと、元妻にセールスの電話をかけてくる気が知れない。セールスが苦手だったくせに、そんな芸当、どこでおぼえたのか。いつおぼえたのか。

「もしかして、いま付き合ってる人いる？　っていうか、再婚の予定とかある？」

弘人がさらっと訊く。

かっとして瀬莉は声を荒らげる。

「あるわけないでしょ！　もう結婚なんてこりごり！」

「よかった」

と弘人は言った。

「え」

瀬莉は少し戸惑う。それはどういう意味なの、と訊いていいのかわからなくて黙っていると、弘人はこう続けた。

「ファミリータイプの物件じゃないからさ、状況が変わっていたらすすめられない」

がくっとつんのめりそうになりながら、そんな反応をしてしまった自分にまた戸惑う。

わたしはいま、いったい何を期待したんだろう？　弘人に何を期待してしまったのだろう？

そこを突きつめて考えたくない、というか考えたらだめだと強く思い、瀬莉は軽く頭を振った。

「マンションなんて買いません」

思いっきり突《つ》っ慳貪《けんどん》に瀬莉は答えた。こんなやつから買ってたまるか、そんな気持ち。「そんな貯金、ありませんから」

「頭金ならそんなになくても大丈夫だよ」

さらりと弘人は応じた。そうして付け加えた。「まったくないってわけでもないだろうし」

確かにまったくないわけではなかった。

結婚前に、子供が出来たらマンション買おうね、と二人で計画し、貯蓄に励んでいたのだから、ないわけがない。瀬莉の年収だっておおまかながら知られている。見ず知らずのセールスマンならごまかせても、弘人はごまかせない。だからといって、別れた今になってどうしてマンションを買わなければならないのかが問題ではあるのだが。

「営業成績、悪いんだね？」

ずばり訊く。

「んー、まあ相変わらず、よくはないな。またリストラされるかもなあ」

ふふっと電話口で弘人が笑った。

「笑って言うことじゃないでしょう」

「もう笑うしかないんだよ。厳しい時代なんだからさ、マンションなんか、そう簡単に売れやしないって」

「それで泣きついてきたってわけ」

「いやいやそうじゃないよ。この物件はそれとは関係なく、瀬莉にいいんじゃないかと思って連絡してみただけ。瀬莉の好みはわかってるし。相当しっかり値引きできると思うし」

「どうだか」

「信じてよ」

瀬莉と結婚している間に、弘人は建設会社をリストラされ、子会社である不動産販売会社の営業になった。もともと仕事に不満があって自ら異動を希望していた弘人だったから、この御時世リストラで馘首《くび》になっておわりっていうのが圧倒的なのに、こうして仕事を世話してもらえただけまし、と会社の方針に粛々と従い、希望した仕事とは違うけど、新しい職場でがんばるよ、などと殊勝に話していたものだったが、実際仕事に就いてみたら、営業職の過酷さにすぐさま音を上げ、一気に落ち込んでしまったのだった。上司に尻を叩かれ罵倒され、彼なりに努力してもマンションはまったく売れず、歩合制になった弘人のサラリーは激減した。慣れない仕事に疲弊し、会社や上司のみならず、仕事そのものへの不満を口にしない日はなくなり、内に抱えた苛立ちや鬱屈《うっくつ》を持て余し、いつしか矛先《ほこさき》が瀬莉に向かう。その頃瀬莉は、立ち上げた企画が次々うまくいき、昇進もし、やたら忙しい毎日になっていた。落ち込んでいる弘人のためにセーブする気などさらさらなく、残業も出張も厭《いと》わなかった。やっと摑《つか》んだチャンスを手放してなるものか、と攻めまくっていたのは、この日のためにさまざまな人脈を作り、企画案を温めてきたからなのだ。当然、稼ぎは弘人を圧倒的に上回り、たまに家にいても日頃の疲れを取るため、ひとり寝室に籠もって寝てばかりになった。弘人とはすれ違いも多くなり、顔を合わせればささいなことから喧嘩になった。浮気を疑われている節もあった。潔白だったが面と向かって訊かれないから対処のしようもなかった。離婚を切り出したのは弘人の方。瀬莉は離婚を承諾し、二人は別れた。ぐだぐだ揉めるのも、そういう時間が長引くのも嫌だったのである。

「パンフレット、送るよ」

「いらないよ」

「見るだけ見てよ。頭金やローンの返済額をいくつかのパターンでシミュレーションした資料も入れておくからさ、イメージしてみてよ。月々の返済とか、それによって手に入る新しい生活とか。うまくローンを組めば、今払ってる家賃とそう変わらないはずだから。資産価値のある物件だと思うし。いざという時、売るに売れない、なんてことにはならないはず。検討してみて」

わかった、とうっかり答えてしまって瀬莉は、この電話の相手が別れた夫であることにひどく困惑していた。そんな曰くのある人とこんなにも普通に、こだわりなく会話できるのが自分自身よくわからない。あまりにもあっさり別れてしまったからだろうか。きれいに別れすぎたのだろうか。

離婚後、実家で母に言われたことを思い出す。いい年をした娘に、とやかく言うのもなんだけど、あんたよーく考えて離婚決めたの？　よーく話し合ったの？　多少のいざこざなら乗り越えられるものなのよ、夫婦なんだから。乗り越えられるものなら乗り越えなくちゃ。そのために一緒になったんじゃないの。あんたたち、ちょっと結論を急ぎすぎたんじゃない？

一男一女を育てている姉は瀬莉が別れたと知ると、もう？　と驚き、結婚祝いみんなに返しなさいよ、と嫌味を言った。瀬莉ちゃん、あんた、辛抱が足りないよ。結婚なんてね、辛抱の連続よ。そんなこともわからないでよく結婚したわね。そんな程度で別れてたらうちなんてもう何百遍も別れてる。あんたはくっつくのも離れるのも簡単に考えすぎ。とにかく軽すぎ。メーワク。

二人の説教に瀬莉は猛然と反撥《はんぱつ》したものだったが、一年半経ってみると、いかにも軽い別れ方だったような気がしなくもない。あの時、なにも別れることはなかったんじゃないか。だからこんなふうに気持ちが乱れるんじゃないか？

そんな気持ちを押し殺して出席した合コンの最中にも、瀬莉はそんなことをつらつら考えていた。

弘人に未練があるわけではないし、離婚に傷ついていたわけでもないのに、この一年半、誰にもときめかなかったのはどうしたわけだろう？　もともと恋多きタイプではないにせよ、まだ三十代半ばなら、恋の一つや二つ、降って湧いたっていいではないか。

ステーキハウスのテーブルの向かい側に並んでいる三人の男たちだって、それぞれそれなりにいい味を出している。

それでも瀬莉はまったくときめかなかった。

左隣にすわるさなえのやる気にあてられて、ときめく力を封じられてしまったからだろうか。

さなえの美しかったこと。

いつのまにさなえはこんなに綺麗になったのだろう、と瀬莉は何度もチラ見してしまったほどだった。

ナチュラルに見えつつもしっかり作り込まれたメイク。やわらかく巻かれた明るい色合いの髪。きらりきらりと照明を反射して光る蝶々の形をした髪留め。デコルテを強調した、といって強調しすぎない、すっきりとした上品なワンピース。ピンクとグレーの二色の切り替えが印象的なおそらくどこかのブランド物だろう。ふわんと漂うほのかな甘い香りも色っぽい。

艶《あで》やかに微笑むさなえは、全身で、恋をしたい、結婚したいと語っているかのよう。

それにひきかえ、右隣にすわるステーキハウスのオーナーの妹、佐藤歩ときたら……可愛く飾り立てているくせに独特のバリアを作って頓珍漢な話をする娘に、瀬莉は呆れかえっていたものだったが、場がすすむにつれ、自分もどちらかといえばこちらに属するのではないか、と恐ろしくなってきた。

社外デザイナーとの打ち合わせが長引いてしまったために、結局会社に戻れず、それどころか汗で流れおちたメイク直しすらせず、書類や資料でぱんぱんになったバッグを手に遅刻ぎりぎりにやって来たことがまず間違っていた。ほんの数分遅刻したからって誰が咎めよう。駅ビルの化粧室にでも入って、身だしなみを整えるくらいすべきだったのではないか。急いでやって来たものだから、挨拶もそこそこにグラスのシャンパンを水のようにごくごくと飲み干してしまったのも失敗だった。あれじゃ、まるで、品のない酒好きの親父のようではないか。そのうえ、仕事について訊かれたのをいいことに、つい熱心に、近頃頭を悩ましているマーケティングの難しさについて滔々と語ってしまった。ついでながら低迷する日本経済や政治状況に辛《しん》辣《らつ》なコメントまで……。

これはもう、半分女を捨ててるな、と我ながら苦笑せざるをえない。そういえば、会社で、住井、なんだか近頃男らしくなってきたなあ、と上の人たちからたびたび冗談を言われるようになっていたが、あれはつまりはこういうことだったのだろうか。そういう時、そうなんですよ、あたしじつは男なんです、と冗談で返し、そうか一見女に見えるがそれは着ぐるみか、などと盛り上がって、いっしょに笑っていたものだったが、あのやり取りには、彼らの本心がたっぷり含まれていたのかもしれない。あの程度でセクハラです、なんてめそめそしていたら、やっていけないと思っていたからこそだけれど、やっていけるとか、いけないとか、そういう問題ではなかったのか。実績をあげるにしたがい、決断力や交渉力がアップし、いつしか部下の女の子たちのみならず、男の子たちにまで頼られる始末。職場で恋が生まれないのは必然だと思っていたが、もしかしたら、それは場のせいではなく、瀬莉自身のせいだったのだろうか。

弘人とはあんなに自然に恋をし、あんなに自然に結ばれたのに。

それより以前、たとえば学生時代だって、こんなにも、恋愛下手ではなかったと記憶するが、いつのまに、こんなことになっていたんだろう。仕事ばかりしていると、恋の仕方を忘れてしまうんだろうか。

もう恋は出来ないのだろうか。

合コンの後、小野利也からメールが来て、食事の誘いに乗ったのは、そんな焦りがあったからだった。二人きりで食事をしたら、ひょっとしたら小さなときめきくらい起きるかもしれない。


この際、誰でもいい。

ときめきがほしい。

まだそれが起こりうると、確かめたい。

瀬莉は切にそれを願ったのだった。


結論から言うと、瀬莉は小野利也にときめかなかった。

彼は、酒の卸問屋の次期社長として、この厳しい時代、どういうふうにビジネスを展開していくつもりか瀬莉に語り、意見を求めた。合コンの席での、瀬莉のマーケティングの話が心に残っていたらしい。

業種は違えど、参考に出来る点、語るべき点はいくらでもある。

会話は弾んだ。

しかしながら、恋にはやはり程遠い。

小野利也も同じだと思っていたが、二度目に食事をした際、瀬莉にその気があるなら、付き合わないか、と言われてしまった。

ただし、結婚を前提としなければ付き合うのは嫌なのだそうだ。

なぜかと訊くと、恋愛よりも結婚を重視しているからだと小野利也は瀬莉に語った。これまでいくどか恋愛してきたが、恋愛を重視すると結婚までなかなか辿りつけないとわかってきたのだという。

「ですから、まずは結婚」

と力強く小野利也が宣言した。

「わたし、バツイチですけど」

「かまいませんよ。瀬莉さんは子供が好きですか」

「嫌いじゃないですけど」

「だったらいいです。瀬莉さんみたいなしっかりした人に嫁さんになってもらえたら鬼に金棒だ」

うーん、と瀬莉は考えこんだ。まったくときめきもないままに、結婚という話が出てくるのに戸惑いを隠せない。

「でもわたし、仕事が」

「続けてください」

「いいんですか」

「子供が出来て続けられなくなったら、うちの会社に移ればいい。うちならいくらでも融通がきく。いやむしろ、瀬莉さんにはうちの会社でばりばり腕を振るってほしいくらいだ。裁量権のある、もちろん、役員として、です」

結婚の話がこれほどビジネスライクに語られるというのは新鮮だが、どうにもついていけず、瀬莉は丁重にお断りする。

「だめですかあ」

と小野利也が頭を掻く。「ちなみになにがいけないんですか」

「なにがって」

瀬莉は考えた。なにがいけないんだろう?

瀬莉の頭に思い浮かんだのは、弘人から送られてきたマンションのパンフレットだった。土地の段差を利用した、こぢんまりとした低層形式で、日当たりのいい、住み心地のよさそうなメゾネットタイプの1LDK。駅にも近く、環境もいい。

瀬莉好みのマンションだった。さすがに弘人はよくわかっている。

あそこには瀬莉の未来があった。少なくとも、未来をやすやすとイメージ出来た。

「小野さんとの未来ってどうにもイメージ出来なくて」

「どうしてですか」

「だってわたしまだ小野さんのこと、よく知らないし」

「そうですか？　ぼくはイメージ出来るけどなあ、瀬莉さんとの未来」

「え、そうなんですか」

「簡単じゃないですか」

無邪気な顔で身を乗り出す。「瀬莉さんといっしょにフランスのワイナリーをまわり、うちで新しく販売するワインを開拓し、その一方で瀬莉さんといっしょに子育てし、瀬莉さんといっしょに家を守る。家は守るけど、会社は守るばかりでなく、攻めてもいく。ね、瀬莉さん、二人であちこち、食べ歩きましょう。うまいものを食って、それにあう酒を提案出来るよう舌を肥やす。子供が生まれてもそこのところは変えずに、週に一度は家族揃って外食の日を作りましょう。楽しいですよ、きっと」

「あのね、小野さん。結婚って、そんな簡単なものじゃないですよ」

「そうですか。そんなことないですよ」

「そんなことありますよ」

小野利也の語る未来図に登場する女が瀬莉である必要がどこにあるのだろうと瀬莉は思う。瀬莉でなくともかまわないではないか。小野利也は今、観光地によくある、顔のところのくりぬかれた、観光写真用の人物画みたいなものに、瀬莉の顔を当て嵌めたにすぎないのである。

「結婚後の未来ってね、小野さん。そんな簡単に語っちゃだめなんだと思うな」

「え、どうしてですか」

「だって結婚後の未来は二人で作るものでしょう？　小野さん一人で作るものではない。それなのに、小野さんはもう、一人でどんどん作っていっちゃってる。そこまでざっくばらんに未来を語られると逆にこちらは引いてしまうんです。自分はそんな未来を望んでいたのかな、って」

「え、そうなんですか」

「なんかちがう、って気づいてしまう」

なるほどー、と小野利也は感心している。図体は大きいけれど、可愛らしい男の子のように見えて、瀬莉はくすりと笑った。きっと彼は、精一杯、自らイメージする未来図に向かって日々努力邁進《まいしん》している人なのだろう。

「ようするに押しつけがましいってことですかね」

「うん、まあ、そういうことですね」

「ふうん、そうだったのか。そう言われればそんな気もするな。わかりました、じゃあもう、一方的に未来を語るのはやめます。でもそれで……そこんとこ、きちんと話さないで結婚相手が、見つかるものなんですかね？」

「見つかりますよ。見つかる時には見つかるものです」

「ほんとですか？　いきなり結婚を前提に交際を申し込んでもいいんですか？　それこそ、どん引きされませんか」

「う。それはたしかに……そうかも、ですね」

しばし瀬莉は考える。

畳みかけるように小野利也が訊く。

「だって瀬莉さん、そもそも共通の未来を夢見ずに結婚を前提に交際出来るものなんですかねえ？」

「あ、それは出来ますよ」

と瀬莉は答えた。「現在が楽しければ、未来はついてくる」

「え？」

「だからつまり、いっしょにいて楽しいのであれば、きっと未来も明るいんです。明るい気がするんです。そう感じたなら、この人といっしょになろうと思えるものなんじゃないかな。お互いね」

それはようするに、瀬莉が弘人と結婚した時、感じていたことだった。新幹線を降りる時、この人と結婚するんじゃないか、とうっすら感じたのは、いっしょにいて楽しかったからだし、そこから見える未来（らしきもの）がふんわりと明るく感じられたからではなかったろうか。あの時、弘人に結婚を前提に交際を申し込まれていたとしても、瀬莉は承諾していた気がする。実際、あの日から、瀬莉と弘人は結婚を前提に交際していたようなものなのだから。

「まあでも、あまり急ぎすぎない方がいいかもですね。あんまり急だと、びっくりされちゃうから。お互い確信が持てるまで少しだけ時間をかけた方がいいかも」

「なるほど時間。時間ねえ。一刻も早く結婚したいところではありますが、そうですね、確信が持てるまで時間をかけないといけませんね。で、確信したら一気に」

「そうです、そうです」

などと調子よく答えたものだったが、そうやって結婚したって駄目になる時は駄目になるんだよ、と心のなかで毒づいていたりしたのもまた事実。未来なんてほんと、誰にもわかりゃしないんだわ、瀬莉はそう思いながら、その時、小野利也の顔を見つめていたのだったが。

さなえの結婚式の前日に瀬莉は引っ越しをした。

瀬莉が買ったのは、弘人がすすめてくれた新築のマンションではなく、そのマンションの内覧に行った日に参考のためにちょっと見てみない？　と連れて行かれた、別の中古マンションである。マンションごとリノベーションを進めている最中の物件。

新築を買うよりうんと安くすむ値段もさることながら、広さや収納、日当たり、風通し、すべてにおいて合格で、そのうえ、今ならまだ変更できる点がいろいろあった。間取り、壁の色、シンクの種類、ドアノブの形、照明の位置などなど。

「こっちがいい」

瀬莉が言うと、弘人は、

「やっぱりなー」

と返した。

「試しに連れてきたけど、やっぱり瀬莉はこっちを選ぶんだ」

「そうね、あんまりぴかぴかしてない方が好きだし、なにしろ安いし。新築を見た後だといっそうこの安さは魅力だし。古さはわたし、気にならないのよ。このくらいの物件の方が自分には合ってる気がする。ここなら買ってもいいな。だけど、わたしが今ここを買うって言っても弘人の実績にはならないのよね？」

「ならないね。でもいいよ、こっち買いなよ」

「莫迦ねえ。そんなこと言ってるから営業成績伸びないのよ。どうしてここに連れてきちゃうわけ？　ここに連れてこなかったら、あっちを買ってたかもしれないじゃない。もっと強引に買わせることを考えなきゃ」

弘人は笑っていた。

その日の別れ際、弘人は近々会社を辞めるつもりだと瀬莉に報告した。新築のマンションをすすめられる最後の機会かもなあと思って、瀬莉のことだけ考えて、あの物件を選んだんだよ、あれはほんとうにお買い得の物件だよ、と言い、でも、だからこそ、無理に買わせるつもりは全然なかったんだ、と明かした。

会社を辞めたら、実家の近くにある、リフォーム会社に再就職する予定なのだそうだ。名もない小さな工務店が前身のその会社で、古い一軒家やアパートを蘇らせる仕事をするつもりなのだとか。ゆくゆくは、町の再生に力を貸せるようなリノベーション物件を手がけていきたいという。弘人は、その仕事内容について瀬莉に説明しやすくするために、あの中古物件に連れていったらしい。

朽ちていくものを慈《いつく》しみたい、新しい生命を吹き込みたい。

弘人はそう瀬莉に言った。

そしてその言葉は、瀬莉が弘人と初めて会ったあの新幹線の中でも聞いた言葉だった。

へえ、すてきねえ。

あの日、瀬莉はリクライニングにした新幹線の座席にすわって、弘人にそう答えていたではないか。その気持ちわかるわ、古いものに心がほっとすることってたくさんあるもの。朽ちるにまかせるなんてもったいないわよね。

そう、そういうことなんだよ。再生価値のあるものがどれだけ無惨に壊されていくか。それが残念でならないんだ。

熱を帯びていった弘人の声。

瀬莉は愕然《がくぜん》とする。

弘人はようするに、なにも変わっていなかったのかもしれない。あの日から、なにも。

「どうしてわざわざそれをわたしに報告するの?」

瀬莉が訊くと、弘人は、男のプライドかなあ、と答えた。

「鳴かず飛ばずのセールスマンのまま、瀬莉に記憶されているのが我慢ならなかったっていうか。まあ、いまさらだけど。最低最悪の時に別れちゃっただろ。正直言うと、あの頃、おれ、瀬莉に嫉妬してたんだ。瀬莉は着実に自分のやりたかった方向に突き進んでいくのに、こっちはやりたくもないセールスで苦労の連続。なにやってんだろうなあ、って、瀬莉にどんどん差をつけられて、本気で腐ってた。だから、ようやくそこから抜け出せた、ってことを瀬莉に伝えたかったんだよな。まったく、いまさらだけど」

「なるほどねー」

朽ちていくものを慈しみたい、新しい生命を吹き込みたい、か。

新幹線の中でふわりと見えた未来は、そんな言葉が見せてくれた未来だったのかもしれないのに、瀬莉はすっかりそれを忘れてしまっていた。楽しかったのに。その未来に触れて、やさしい気持ちになっていたのに。自分のことばかりに夢中になって、それを語った弘人のことを忘れていた。それを語る弘人のそばにいることが、とても楽しかったのに。

「瀬莉が新築の方じゃなくて、あの古い物件をいいって言ってくれてほんとにうれしかったよ。連れてきた甲斐があった」

「あなたのやりたいこともよくわかったしね」

「瀬莉みたいな人がいると思うと希望が見えてくるよ。あ、じゃあ、ここで」

「うん、こういう人、けっこう多いと思うよ。だから前途はきっと明るいよ、がんばって。成功を祈ってる」

「ありがとう」

円満離婚だったからこそ、こんなふうに、再び会うことが出来て、こうして話せることをとてもよかったと思う反面、苦々しい気持ちが湧き起こるのも止められなかった。そうよ、わたしたちはとっても相性がいいのよ、ぴかぴかの新築じゃなくて、古いものを慈しんで使う方をわたしは選ぶのよ。あなたと同じよ。そんなこと、最初っからわかっていたじゃない。そういう暮らしをしてたじゃない。なのにわたしたちは別れてしまった。別れて一年半も経ってしまった。それなのに、いっしょにいて今なおこんなにもほっとする気持ちになるのが腹立たしい。かすかにときめく気持ちが苦々しい。そして、痛々しい。自分で自分が痛々しい。今頃になって、その痛みに気づくなんて、わたしはなんて莫迦なんだろう。

「あの中古マンション買ったら、設備のことやなんか、相談に乗ってくれる?」

「いいよ、もちろん」

そうして、瀬莉は、中古マンションを買ったのだった。えいやっと清水の舞台から飛び降りるような気持ちで。

とはいえ、弘人にはその後、連絡しなかった。ほとんどなにも相談する必要はなかったので。まあ、そんなものだ。

いざとなると、わざわざ相談しなければならないことなどなにもない。なにもないのに、なにかあるフリをして弘人に連絡するのはいやだった。

連絡したいのなら、家のことにかこつけて連絡するのではなく、ただ会いたいと思ったその時に連絡したい。

ほんとうに、心から連絡したいと思った、その時にこそ。

でも、そんな日は来なかった。

瀬莉は新しい家を整えることに熱中し、次第に弘人のことが遠退いてしまったのである。それくらい、家を買うということは、買った家をカスタマイズするということは、瀬莉にとって大事業だった。すみずみまで、丁寧に、家を整える。この家からすべてが始まるのだ。新しい日々がここから始まるのだと思うと、なに一つ疎《おろそ》かには出来なかった。

皮肉にも、家が弘人を忘れさせてしまったのである。


新しい住まいで目覚めた初めての朝。

少し寝坊してしまって、大急ぎで支度し、瀬莉はさなえの結婚式に向かう。

花嫁の控え室に顔を出すと、ウェディングドレス姿のさなえが満面の笑みで瀬莉を迎えてくれた。

「瀬莉ちゃーん」

さなえは、ふんわり重ねられたオーガンジーが流れるように美しい、甘めのドレスに身を包んでいた。とはいえ、ウエストまでのどっしりと厚みのあるシルクの光沢が重厚感も感じさせ、年相応の適度な落ち着きがある。

「あれ、ウェディングドレス、ずいぶんちがう雰囲気になったのね」

「そうなのよー。あの時選んだマーメイドラインはお義母さん、お気に召さず、で。花嫁さんは、もっと若々しくて、華やかなのがいいって。このネックレス、お義母さんから頂いたものなんだけど、これとこのドレスがあまりにもぴったりだったからこっちのAラインに決めちゃった。このドレスだとほとんどどこも直さなくてよかったし。どうかな？　似合う？」

「めちゃくちゃ似合うよ！」

「わー。瀬莉ちゃん、ありがとう！」

二人ではしゃいでいたら、新郎が顔を覗かせた。

にっこり笑って、このたびはおめでとうございます、と挨拶すると、小野利也は神妙な顔で、ありがとうございます、と頭を下げた。

「瀬莉ちゃんはね、わたしたちのキューピッドなのよ」

さなえが言うと、彼も頷いている。

幸せそうな花嫁と花婿の姿に思わず笑みがこぼれてしまう。

「キューピッドだなんてそんな……。二人は出会うべくして出会ったのよ」

瀬莉が言ったら、花嫁より先に花婿が、

「そうです、そうです、そうなんです」

と力強く答え、瀬莉は噴き出してしまった。

首を傾げるさなえに向かって、

「お似合いだよ、ほんとうに」

瀬莉が力強く言う。

花婿の隣に立つさなえは涙ぐみそうな顔で、何度も何度も頷いていた。

7

利也に結婚せねばならないという自覚が芽生えたのはいつ頃だったろう。

二十代の頃はいたって呑気なものだった。

真面目に付き合っている恋人がいても、とくに結婚しようとは思わなかった。

結婚なんていつでもできると軽く考えていたし、祖父が興した家業（酒の卸問屋）の三代目ということもあって、将来的な立場を考えたら、結婚相手には慎重にならざるをえなかった。

恋人としては合格でも、結婚相手となると二の足を踏んでしまう。

めちゃくちゃモテるわけではないが、まったくモテないわけでもないから、恋が終わっても焦らなかった。

西野《にしの》佳《か》織《おり》、榎本《えのもと》貴恵《たかえ》、斉藤《さいとう》明奈《あきな》。

大学を卒業後、二十代で付き合ったのはこの三人である。

西野佳織は高校時代の友達の彼女の友達で、三年ほど付き合ったが、元ヤンらしい気配がそこここに漂っていて、とてもじゃないが両親には会わせられなかった。

そのあと付き合った榎本貴恵とは、行きつけのバーで知り合った。酒好きで、というか、大酒飲みで、そこが面白かったのは確かだが、いくらか（いや、かなり）酒乱気味だったので、家業を考えたら有り得ない結婚相手だった。

腰痛で通っていた接骨院の受付にいた斉藤明奈とも長く付き合った。彼女は付き合いだした当初から結婚したいと利也に仄めかしていたのだったが、いかんせん、実年齢以上に子供っぽい子で、いかにも頼りなく、こいつと結婚してもなあ、先々苦労しそうだしなあ、とうやむやにしてごまかしているうちに業《ごう》を煮やして去っていった。

その時点で利也はすでに三十代に突入していた。

それからしばらくして、利也にはもったいないほどの美人、三島優花《みしまゆうか》と付き合った。酒造メーカーの新製品キャンペーンの会場で一目惚れした、抜群にスタイルのいいアルバイトの女の子だったが、猛アタックが功を奏してやっと付き合えたのに、一年後、いきなり別れを切り出された。好きな男ができたとのことだった。ごねてみたが、どうすることもできず、別れて一層激しく落ち込み、なんとかよりを戻せないものかと悶々《もんもん》としている最中に大学のアメフト部の同窓会で元マネジャーの門田真知《かどたまち》と再会し、好きだったんだよ、あの頃、と酔った勢いで告白してみたら、思いがけずうまくいき、半年足らず付き合えた。おかげで激しい落ち込みからは脱出できたものの、次第に冷めてしまい（利也だけでなく、たぶん向こうも）、やはり結婚には至らず別れてしまった。

その頃には、

「そろそろ身を固めたらどうだ」

と周囲に言われるようになっていた。

「跡を継ぐにしても、独り者では恰好がつかん」

それもそうだ、と思い、じゃあ結婚するかと、そのつもりで付き合っているのに、なぜか結婚まで漕ぎつけられない。

あれ？　と思った。

結婚って、こんなに難しいものだったのか？

このあたりに転換期があったと利也は思う。

しっかり自覚して努力せねば、結婚できないのではないか。

だとすれば、のんびり恋愛などしている場合ではない。

この際、恋愛は省略しよう。

ショートカットだ。

恋愛相手ではなく、結婚相手を探そう。

とにかく、とっとと結婚してしまおう。

そんなわけで、俄然焦りだしたのだけれど、焦っても焦っても、いや、焦れば焦るほど、結婚相手は見つからないのだった。なにがいけないんだろう？　どうしたらいいんだろう？　こんなことをしているうちに四十歳になってしまう。四十歳を過ぎると途端に相手がいなくなるという噂は本当なのだろうか。もうその日まで五年を切っている。急がねば。とにかく、急がねば。

不思議なプレッシャーだった。

なんの根拠もないのに、もしかしたら、自分は一生結婚できないんじゃないか、という悪いイメージに頭の中が支配されていく。結婚できなかったら子供もできない。利也には日頃から四代目誕生への期待もかけられていた。一人っ子だったから、利也に子供が生まれないと、小野家は途絶えてしまう。それに、なにより、利也自身、自分が家長となる家族が欲しくなりだしていた。学生時代の友人からの年賀状に家族写真が使われていたりすると、単純にうらやましくてならない。

若い頃、両親が大乗り気で勧めてきた見合い話（たしか、飲食店チェーンの社長令嬢）を、結婚相手くらい自分で見つける！　と大見得切って断った手前、今更、泣きつくわけにもいかなかった。

とはいえ、あちこちで、結婚したい、誰かいい人いないですか、結婚相手を紹介してください、とアピールしてみても、はかばかしい成果は上げられなかった。またまた小野さんたら〜、小野さんなら、いくらでもいるでしょうに〜、とあしらわれてしまう。

こっちは真剣だっていうのに、どうしてだ、と腹を立てたものだったが、ようするに世間なんてそんなものなのだろう、とある時利也は悟った。仕事でもないのに、わざわざ結婚相手を紹介してくれるような奇特な人はいない。そんな頼み事をされても面倒なだけなのだ。

もうこうなったら親に内緒で結婚相談所にでも入会し、相手を探してもらおうか。

そう思いだした矢先、宮本さなえと知り合ったのだった。

結婚したいのに相手がいないと訴えていたのを憶《おぼ》えていてくれた、ステーキハウスのオーナー、佐藤夫妻の仲立ちで参加させてもらった合コン（結婚相手を探すための真面目な合コン）で知り合えたのである。

まったく佐藤夫妻には感謝してもしきれない。

最初のデート（棚からぼたもちのように転がり込んだ運命のクリスマスイヴ！）で利也は、さなえとぜったい結婚する、と心の中で雄叫《おたけ》びを上げていた。

合コンの時のさなえも魅力的だったが、二人きりで会うと、彼女はまた一段と魅力的だった。基本的に惚れっぽいタイプである利也だが、それにしたって、その日のさなえは、燦然《さんぜん》と光り輝いていた。どうしてこんなにきれいな子がまだ独身なんだろうとワインを飲みながら熱い瞳でさなえを見る。すると、さなえも利也をじっと見つめ返してくれるのである。その瞳の色っぽかったことといったら！

食事も楽しかった。一緒にいて楽しいのなら、未来は拓《ひら》けるという、さなえの友人、住井瀬莉の言葉が神様からのご託宣のように頭に何度も閃いた。

ちなみに利也は、（さなえには内緒なのだが）同じ合コンで知り合った瀬莉とも二度食事をし、結婚相手の候補にしていた。瀬莉とはそれ以上進展しなかったのだったが……（だから内緒でかまわないという理屈）。

バツイチの瀬莉なら楽勝かと踏んでいたのに、意外にもあっさり断られて、その頃、利也は軽く傷ついていたようにも思う。どうしたことだろう？　自分は結婚相手として条件的にかなり高い（経済的にも安定しているし、健康だし、性格や容姿にそう大きな瑕疵《かし》はないはずだし、寛大だし……）と思っていたがそうではなかったのか？　これが己の真の実力なのか……？　もしかしたら、自分は、自分で思っているほどモテないのか……？　瀬莉に断られ、実力を顧みる機会を与えられたといってもよかった。

利也は思った。

もうしくじれない。

次こそ、ぜったいにうまくやる。

このチャンスをものにできなかったらおしまいだ。

つまり、さなえとのデートは最初っから意気込みが大きく違っていたわけなのだった。なかなか誘いに応じてくれなかったさなえだけに、利也のなかで、彼女の価値が、いっそう高まっていたというのもあった。とにかくゴールインまで一気呵成《いっきかせい》だ。えいえいおー！

あれはいったいなんだったんだろう、と利也は思う。

一種の視野狭窄《しやきょうさく》に陥っていたのかもしれない。

顧客の飲食店を夕方から三軒まわり、最後に〈ステーキハウス佐藤〉に顔を出すと、手前のテーブル席に瀬莉がいた。

「あら、小野さん」

と瀬莉は言い、

「新しいハウスワイン、すごくおいしいわ」

といきなり褒めてくれた。

「おー、ありがとうございます。どっちの？」

「どっちの？　どっちだろう？　この黄色いラベルの」

瀬莉がハーフボトルを掲げてみせる。「ちょっと軽めだけどここのステーキによく合うね」

利也が開拓した、国産の赤ワインのことだった。

「そうでしょう。いや、そう言ってもらえるとうれしいなあ。それ、ほんとにしっかりした味のワインなんですよ。たくさん飲んでもらいたくて、お値打ちに入れさせてもらってます。このワインを作ってるワイナリーを、これから先、うちの目玉にしていこうと考えてまして。もうねえ、そのワインを見つけるまでに、どれだけ苦労したことか。続々誕生している国内のワイナリーをいくつも行脚《あんぎゃ》して。海外じゃなくて国内ばかり頻繁に出張してたものだから、さなえには、ほんとに出張なの、って疑われまくり。締めつけがきついのなんのって」

くすくすと瀬莉が笑った。さなえのことをよく知る瀬莉だけに、想像がつくのだろう。

「ちょっとすわって話していく？　わたしとでも、さなえは怒るかな？」

「怒りませんよ、瀬莉さんならOK。今や、フリーパスなのは瀬莉さんくらいなものですよ」

それならば、と瀬莉が向かいの席においてあった荷物をどけてくれたので、すわって、テーブルの上を見る。ステーキ皿もパン皿も、おおむね空だった。

「瀬莉さん、今頃食事でしたか」

「まあね。もうこれ飲んだら帰るところ。小野さんは？　食事はすんだの？」

「新規開拓中のお客さんのところですませました」

「仕事先で食べていいの？」

「それがぼくの仕事ですよ」

瀬莉があまりよくわかっていないようだったので、補足する。

「サンプルやパンフ持って回ってるだけじゃ、注文は取れないですからね。客の立場になって、その店のことを知るために、ちゃんと金払って食べるんです。料理の特徴がわからないとうまく売り込めないですしね。相手に、真剣におたくの店のことを考えてますよ、って姿勢を見せて、いっしょにお客さん増やしましょう、うちと組んで、美味《うま》くて利益の出せるハウスワインにしましょう、客を唸らせるワインリスト考えましょう、って形で提案していくんです。そうでないと、なかなかその気になってもらえません。で、今まさにその赤ワインを集中的に売り込んでいるところなんです。気合い入ってますよ。うちの命運がかかってますからね。今夜、ここに寄ったのも、そのワインの評判をチェックするため」

「熱心ねえ」

「ま、それだけが取り柄ですから」

「いよいよお父さんになるんだもんね、力も入るよね」

「毎晩遅いんで、さなえはご機嫌斜めですが」

瀬莉が笑った。

「予定日いつだっけ？」

「来月。来月の二十五日頃」

「双子だっけ？」

「男の双子だから生まれたらきっとたいへんですよ」

そんな話をしていたら、ようやくオーナー夫人の鏡子（影のオーナーと利也は思っている）が、いらっしゃい、と現れた。

なにか持ってきましょうか、と訊くから（さすが商売上手）、ビールをもらうことにする。ワインはさんざん飲んだし、といってコーヒーというのもあれだし。

持ってきてもらったところで、鏡子を引き留め、少しワインの話をする。利也の卸したワインの評判はまずまずよかった。とくに女性客の評判がよく、微増ではあるが売り上げも伸びているらしい。

仕事の邪魔になってはいけないので、そこで話を切り上げ、鏡子がいなくなると、瀬莉が乾杯しよう、と言うので、乾杯した。

そうして、ワインの話をしたり、さなえの話をしたりしているうちに、瀬莉が、唐突に、あっと声を上げたのだった。

「どうかしました？」

ボトルの残りのワインを、瀬莉の空いたグラスに利也が注ぐ。

「閃いちゃった！」

にやり、と瀬莉が笑った。

「なにをです？」

「うん、あのね、わたし、こないだから、鏡子さんにちょっと相談されてることがあってね、どうしたものかと困っていたのよ。懸案事項っていうのかな」

「懸案事項」

「うん。でね、今、この手があった、と解決策を思いついちゃった。そうだ、小野さんがいるじゃない、って」

利也が自分で自分を指さすと、瀬莉が大きく頷いた。

「あなたはベストな人材よ」

何のことやら見当がつかず、きょとんとしている利也を尻目に瀬莉がざっくばらんに語ったところによれば、鏡子の義妹である歩のことなのであった。義妹さんってほら、憶えてない？ あの合コンで、わたしとさなえの他にもう一人いたでしょう、独特の雰囲気を醸しだしてた女の子。彼女、今ね、あの時、目の前にすわっていたプログラマーの人と付き合っているんだって。へえ、って、小野さん、そんなに驚かなくても。ってわたしも同じくらい驚いたんだけど。まあ、驚くわよね。そんな展開、予想外だもの。まったく、わかんないものよね。あの時、そんな素振り、全然なかったじゃない？ ただ、でも、付き合ってるって言っても、その実体がどうもよく摑めないらしいのよ。それで鏡子さん、気が揉めてるらしくて。お姑さんがね、やっぱり気にしてるんだって。いまだ独身の娘さんのことを。どうなってるのかしら、ってせっつくらしいのね。うまくいってるんなら、もういい年なんだし、きちんと結婚させなきゃ、って。鏡子さんは、それでまあ、それとなく、義妹さんに訊ねてみてはいるんだけど、埒《らち》が明かないっていうわけ。で、訊いてみてくれないかって、こないだから頼まれてるのよ。頼まれてもねえ。だってわたし、彼女とはあの時一回会ったきりだし、名刺は渡したけど、彼女はくれなかったし、その後連絡もなかったし。そんな状態でどうしろっていうのよ、って言ってるんだけど、鏡子さん、彼女の人間関係、よく知らないらしくて、他に頼める人もいないってわたしを拝み倒すの。この店で偶然っぽく会わせるように画策するから、話をしてみてくれないかって。また合コンやらない？　とかなんとか話を振ってくれたら、なにがしかわかるんじゃないかって。そんなにうまくいくわけないわよって断ってるんだけど、鏡子さんも案外しつこくて。鏡子さんにしてみたら、あの合コンに義妹さんを引っ張り出した責任があるわけよ。で、あの合コンを開くきっかけになったわたしにもその責任の一端があるでしょう、と言わんばかりに頼むわけ。そんなこと言われたってねえ。

ぽかんと話を聞いていたら、こん、と足を蹴飛《けと》ばされた。

「ちょっと小野さん、聞いてる？」

「聞いてる、聞いてる」

「小野さん、あのプログラマーの人と連絡取り合ったりしてないの？」

「してませんよ。するわけないじゃないですか。あの時、たしか、そのうち、一度飲みましょう、って、そんな口約束はしたようには思いますけど、そんなのは、まあ、社交辞令みたいなもので」

「連絡先は知ってるの？」

「それはわかりますよ。名刺交換したんで」

「じゃあ連絡してみてよ」

「ぼくがですか？　いやですよ」

「どうして。いいじゃない、ちょっと連絡するくらい。こんなに頼んでるんだから男気見せてくれてもいいでしょう。もうじきお父さんになるんだし」

「関係ないでしょ」

「ないけど、お願い！」

調子よく、瀬莉が頭を下げる。ふわっと、瀬莉の髪からフルーツ系の香りが漂ってきた。

「気がすすまないなあ」

「そんなこと言わないで」

「そういえば、彼の会社の社長、ここの顧客じゃなかったですか？　そこから探りを入れてみたらいいじゃないですか」

「ばかねえ。だめよ、そんなこととして、へんなふうに社長が首突っ込んできたら藪蛇《やぶへび》になるかもしれないじゃない。変わった人らしいし。だいたい、うまくいってても、いってなくても、ぎくしゃくするでしょう。鏡子さんにしてみたら、大切なお客様なんだし」

「まあ、そうか。だけど、合コンでたった一回顔を合わせたきりの人間が一年近く経っていきなり連絡するっていうのもおかしくないですか」

「おかしいわよ。おかしいけど、この際仕方ないじゃない。やってあげなさいよ。あの合コンのおかげで小野さんは結婚できたんだもの。恩を返さなくちゃ」

「恩ねえ……」

利也は、頭を掻いた。たしかにあの合コンのおかげで結婚できたのは事実だが、今もまだ、自分はそれほど恩だと思っているのだろうか、と利也はしばし考える。結婚した当初マックスで感じていた恩は次第に目減りしてきている感が、どうしても拭えないのだ。

結婚できないかも、と焦っていた頃は、結婚が一大事業のように思われたものだったが、してみたら、結婚なんてあっけなかった。するするすると結婚し、今や、父親になろうとしてる。こんなものか、とも思うし、あそこで駄目だったとしても、どのみち結婚はちゃんとできていたような気がするのである。

あの頃は少しばかり自分を見失っていた気がしないでもない。

なにもあそこまで追いつめられる必要はなかったのではないか。

まだ独身でもよかったかも……等々と、後悔……というほどではないにせよ、そんなふうに、そこはかとなく、不埒な考えが頭をかすめるようになったのは、さなえがすっかり妻として落ち着き、貫禄たっぷりになってきているからだった。とくに妊娠してからというもの、利也の扱いがはなはだぞんざいになっているのは間違いない。利也の両親も祖父母も、向こうの両親も、初孫の誕生（さなえもまた一人っ子なので、どちらの親にとっても初孫なのである）を待ちわび、さなえを甘やかすから、このところ、いっそう態度がでかくなってきている。こんなはずじゃなかったのに、いつのまにやら利也はすっかり尻に敷かれてしまっているのであった。

「小野さん、今、幸せなんでしょ？　だったら、その幸せを運んできてくれた鏡子さんのために、一肌脱いであげなさいよ」

ううむと唸って瀬莉を見る。

仕事で人の上に立っているせいか、強引なところのある瀬莉だが、物言いはきびきび、はきはきしていて気持ちいい。性格もさなえに比べて随分さっぱりしているように感じられる。結婚するならこういうタイプの方がよかったかもなあと利也はちらりと思う。あの時、もう少し強引に瀬莉を口説き落としていたら、もっと気楽な結婚生活を送れたのではあるまいか。

利也を魅了したさなえの女らしさは、結婚してみれば、疑り深く、嫉妬深く、ねちねちと利也を縛り付けるという方面で発揮されるばかりなのであった。いつも身綺麗にしているのは好感が持てるが、それにしても、あれだけ浮気を警戒するというのは、少しばかり異常ではないかと利也は思う。スケジュールを把握したがるだけでなく、カードの明細書まできっちりチェックするのはいかがなものか。たぶん、携帯電話もチェックしているに違いない（確証はないが）。そんなに信用できないのか、と一度さなえに文句を言ったことがある。さなえからは、あなたのことを愛してるからこそ心配なのよ、という殺し文句が返ってきた。そう言われたら、二の句が継げない。もう結婚しちゃったんだし、そんなに愛してくれなくていいよ、と言いたいところだが、そんな身も蓋もないことを言ったら大変なことになると本能的にわかっているので、ぐっと我慢する。ひょっとして不倫の経験でもあるのかな、と想像してみたりもするけれど、まさかあの生真面目なさなえが、と否定する気持ちが大きいし、たとえそうであったとしても所詮過去のことだし、問いつめたところで口を割らないに決まっているから、それ以上は考えない。

「お願い、小野さん」

ついに両手まで合わせられ、利也はため息をついた。

「わかりましたよ、瀬莉さん。そこまで言うんならやってみますよ。飲みに行こうって誘えばいいんでしょう。あの人……ええと、なんつったっけ、米山さんだったっけ？　あの人も誘って三人で」

「米山さん？　なんでここで米山さんが出てくるのよ。米山さんはべつに誘わなくていいわよ」

「どうしてですか。その方が自然じゃないですか。久しぶりに三人で会いましょうって。ピンポイントで誘うよりもずっと自然だ」

今度はううむと瀬莉が唸った。

そんなに悩むことなのか、と不思議に思うが、利也は黙ってビールを飲む。なぜだか近頃、余計な口出しは避けるようになった。

「やっぱりやめましょう」

と瀬莉が厳《おごそ》かに言った。「あんまり大袈裟にするとほら、鏡子さんだって迷惑だろうし。米山さんって、あの社長さんの友達だって言ってたし。へんに噂が広がっても」

「噂？　そんなもの、広がりませんよ。瀬莉さん、考えすぎ」

「そんなことないわ。あの人ちょっと口が軽そうだったじゃない」

「そうかなあ？　そんなことないんじゃないですか」

「とにかく彼はやめときましょう。面倒なことになるのはごめんだわ。彼を誘うのは却下」

「却下って……。まあ、いいや。だったら二人にしときますか。だけどそんなにうまく聞き出せるかどうかわかりませんよ。そもそも誘うところからして不自然だし。ま、やってみますけど……あんまり期待しないでくださいよ」

そんなことないわよ、うまくいくわよ、小野さん、聞き上手だし、コミュニケーション能力高いし、とおだてられてるうちに、そこそこやる気になってきて、その変化を見抜いた瀬莉が、皿を下げにきた鏡子に、ねえねえ鏡子さん、義妹さんの話だけど、小野さんが手助けしてくれるんですって、と計画を話してしまい、まあ、ありがとう！　と先に礼まで述べられてしまったため、引くに引けなくなった利也なのであった。


そんなわけで、利也は、戸倉にメールを送ってみた。あの時の約束がどうにも気になりだして、と。ほら、今度飲みに行こうって帰りがけにきみに言っただろう？　で、あのままになっちゃっただろう？　いまさらだけど、一献《いっこん》傾けたいんだけど、いかがかな？

そんなに気にしなくていいですよ、と戸倉からは予想通り、そっけない断りの返事が来たがここで諦めるわけにはいかない。もう一踏ん張りと、いやいや、戸倉くん、そう言わずに、奢らせてくれよ、約束したんだしさ、不義理をしていると生まれてくる子になんかよくない影響があるんじゃないかって気がするじゃないか、約束は守らないと駄目だろう？　あとで後悔することになるのがいやなんだよ、そういう気がかりな芽はつぶしておきたいっていうかさ、と我ながらわけのわからない理由をずらずら書き連ねて返信してみたら、戸倉は、出てきてくれることになった。

早速、彼の職場近くの小料理屋で会うことにする。

そうして会うなり、戸倉は、利也のメールに関して、独自の見解を述べたのであった。

「そういうのって、わかるなあ。なんかわかりますよ、小野さん。急に気になりだすんですよね。そのカルマはどこへいくのかっていう。小野さんが言ってるのは、つまり、そういうことでしょう？　なるべく軽くしておきたいんですよね。わかる、わかる。わかります。そうだよなー。子供に背負わせたくないですもんね、余計なカルマなんか。目に見えないだけに慎重になるっていうのかなあ。協力しますよ、小野さん。大丈夫、時間はかかったけれど、これで約束は遂行された。小野さんは嘘つきではなくなった」

あっけにとられながら、利也は、ああ、うん、と適当な相槌を打ち、ビールをすすめる。

どうやら彼は、スピリチュアル系のアニメだかゲームだかの影響を受けているらしかった。なんかしらんが滔々と、そのアニメだかゲームだかの話を始めたのでしばらく拝聴しているふりをして、抛っておくことにする。

出汁《だし》巻き卵と、焼き魚を食しながら、こういう和食主体の店に、ワインを卸すためにはどういう切り口で攻めるのがいいだろうと利也はぼんやり考えて時間を潰す。メニューにワインは載っているが、グラスワイン赤・白、と一行だけで、明らかに、力が入っていない。小さな店だが、これからはこういう店も攻めていかなければならないし、よし、とりあえず、あとでこのワインを頼んでみるか、などと思っているうちに、気づけば、彼の話が一段落したようだった。彼がビールを飲み干すのを待ち、話のとっかかりにでもなればと、ところできみはどうして、ぼくとさなえが結婚したことを知っていたの？　と質問してみた。

歩から聞いてますから、と屈託なく彼は答えた。結婚式、盛大だったそうですね。超豪華ウエディングケーキだったって。

それほどでもないよ、と言いつつ、結婚式の詳細までなぜ知ってるんだ？　と訝しみ、すぐに、ああ、佐藤夫妻から伝わったんだ、と理解する。

佐藤夫妻から歩へ。歩から、この男へ。

となれば、近しい関係にあるのは明白だった。

ふうん、と利也は、戸倉を眺める。

じゃあ、ほんとに付き合ってるのか。

こんな男でも、彼女ができるものなんだねえ。

よく見れば、なかなか澄んだ綺麗な目をしているし、鼻筋は通っているし、かなり整った顔立ちの男ではあるものの、とことんくたびれたシャツに、もっさりした髪、だらしなく伸びた感じの無精髭《ぶしょうひげ》がすべてを台なしにしていた。おまけに、足元を見れば、薄汚れたジーンズにスニーカーだ。学生じゃあるまいし、いい年してジーンズにスニーカーはないだろう。仕事帰りのはずだが、プログラマーというのは、こんなに自由な服装でかまわないのだろうか？　いや、自由であったとしても、もう少し、見栄えや常識というものを、考えたらどうだ、と利也は知らず知らず顔をしかめる。うちの社員だったら、叱りとばすところだ。

これでは、まっとうな社会生活など送れまい。

なんでわざわざこんな男を選んだものかねえ、歩ちゃんは。

と、ここまでつらつら考えて、はっとする。あの歩という子も、ちょっと変わった印象だったのを思い出したからだった。

そうか、割れ鍋《なべ》に綴《と》じ蓋か。

「でもまさか、あの合コンで結婚する人たちが現れるとは思ってませんでしたよ。そこまでいっちゃう人がいるとはなあ」

と戸倉が大らかに言った。「しかも、それが小野さんっていうんだから」

「しかも、って、なんだよ、しかも、って。なんか文句あるのかよ」

「摑まっちゃった、って感じですか」

「摑まっちゃった？　だれが。だれに。あのなあ。結婚っていうのはねえ、もっと神聖なものなんだよ、戸倉くん。そういうマンガみたいな発想でするもんじゃないんだよ」

はあ、と気の抜けた返事をして、戸倉はせっせと箸を運んでいる。大きく口を開けてぱくり。

またぱくり。牛肉の牛蒡《ごぼう》巻きがいたく気に入ったとみえる。利也の分も食べてしまった。

「だけど、あれでしょ、小野さんの奥さんになった宮本さんって、すごく結婚願望が強かった人なんでしょ。とにかく結婚したいって超焦ってたそうじゃないですか」

なんだか妻を莫迦にされたようで、利也はむっとする。

「そんなことないよ」

「そうですか。なんかそういうふうに聞きましたけど」

「まあ、あの合コンは、やや見合い的なものではあったから、そんなふうに伝わるのも無理はないとは思うけど、焦ってた、ってほどではないんだよ。そりゃ、結婚を視野に入れてはいたけど、もっと緩くね、いい人がいれば、くらいの気持ちで参加しただけなの、彼女は。そう言ってた」

「ほんとですか」

「ほんとだよ。なんでそんなことで嘘つかなくちゃならないんだよ。それに、焦ってたっていうんなら、それは彼女じゃなくて、ぼくの方なんだよ」

「え、小野さんが？　小野さん、そんなに結婚したかったんですか。意外だなあ」

「悪いか」

はー、と長い息を吐いて、戸倉が、しげしげと利也の顔を見た。

「なんでです？　なんでそんなに結婚したかったんです？」

「なんでって……。そりゃいろいろあるよ。いろいろあるけど、なんでだろうなあ。まあ簡単にいえば、結婚しないと一人前じゃない、みたいな空気に押されてたんだろうなあ。きみと違って保守的な環境にいるんでね」

「次期社長なんですってね」

「そ。つってても、小さな会社だけどね。だけどまあ、それなりに付き合いはあるし、いつまでも独身てわけにはいかなかったってわけ」

「なるほどねー。そういうことでしたかー。ようするに利害が一致したってわけだ」

いいことを思いついた、みたいな得意気な顔で、戸倉が人差し指をぴんと立てた。

「おいおい。だから、そういう莫迦にしたような言い方はやめろよ、利害って。あのなあ、そういうんじゃないいんだよ、ぼくたちは、あの日出会って、お互い惹かれ合ったからいっしょになったの！」

「うへ！　惹かれ合った！」

ますます茶化すような戸倉の声。「まじですか！」

「まじだよ！　惹かれたの！　さなえに！　ぼくはね、まじで彼女に惚れたんだよ！」

うわ。

自分で言って、自分で引いた。

戸倉が、ほおおおお、と感心しているんだか、呆れているんだか、区別のつきにくい感嘆の声をあげている。

あわててビールをぐびぐび身体に流し込んだ。

酔った勢いということにでもしなければ、こっ恥ずかしくてやってられない。まったくこの戸倉という男、利也の周囲にあまり棲息《せいそく》していないタイプなので油断していると調子を狂わされてしまう。

こんな話をするためにここに来たわけではなかったのに。

あたふたしながら軌道修正を図った。

「それで、きみはどうなの。その、歩ちゃんとは。どうなってるの。付き合ってるんだろう。結婚とかしないの。きみもいい年だろう？」

「はあ、まあ」

「だったら、したらいいじゃないか、結婚。この際、思い切って」

「結婚ねえ」

戸倉が、口を尖らせる。子供っぽい仕草ではあるが、妙にさまになっているのは、そこそこ二枚目だからだろうか。どうにもそこが面白くない。

「しろよ、とっとと」

「おれたちはべつにいいです」

「なんで」

「なんか、そういうんじゃないし」

「でも付き合ってるんだろう」

「付き合ってるっていえば付き合ってるけど、結婚ってのとはちがうんだなあ。もっと自然にいきたいっていうのかなあ」

「なんだよ、それは」

戸倉は首を少し傾げ、キャラがちがうんですよね、と小さく言った。なんだよそれは、ともう一度、心の中でぼやきつつ、質問を重ねていくうちに、意外にも、彼らが、いずれいっしょに暮らそうかと計画していることがわかってきた。とはいうものの、それは二人きりではなく（つまり、いわゆる同棲というものではなく）、三人、もしくは四人でいっしょに暮らす作戦、なのだそうだ。利也の理解の範疇《はんちゅう》を超えていて、なんだかさっぱりわからないが、もう一人、彼らと仲の良い男友達がいるらしい。三人というのは、彼を含めて暮らす場合で、四人というのは、その彼に恋人ができていっしょに暮らす場合なのだそうだ。そこまでフレキシブルに考えている計画だと言われても、利也にしてみたら、なんじゃ、そりゃ、としか反応しようがない。そんなへんな暮らし、利也には、想像もつかない。いや、想像しろといわれたら、できなくもないが、自分の身に引き寄せて考えると、すぐさまギブアップだ。とてもじゃないが自分には無理だ。そんなままごとみたいな暮らし、現実感がまるでない。戸倉くん、きみだってもう、そんなに若くはないだろう、子供ができたらどうするんだ、と訊いてみたら、できたら育てればいいじゃないですか、みんなで、と、いとも簡単に、とんでもない答えが返ってきた。

利也はゆっくりと頭《かぶり》を振った。

酔ったせいなのか、彼の言葉がきちんと理解できなくなってきたようだ。……というほど飲んではいなかったが、そう思いたくもなるではないか。

いったいそれはどういう暮らしだ。

みんなで子育てって、そんな。

鏡子や、歩の母親が心配するのも無理はない、と同情する気持ちがふつふつと湧いてくる。こんな男と付き合ってるんじゃ、彼女の将来はめちゃくちゃだ。

きみさあ、それは無責任だろう、いっしょに暮らすつもりなら、きみたちも、もういい年なんだし、やっぱり、きちんと籍を入れて、普通に結婚してあげたらいいんじゃないか、と利也は説教臭く聞こえないよう、注意しながら言ってみた。彼女のことも、ちゃんと考えてあげなさいよ、戸倉くん。

戸倉が肩を竦《すく》めてビールを飲む。

利也は、どうせ無駄だろうと思いつつ、男の責任について（やや暑苦しく）語る。遂行すべき任務の範疇を超えてはいるが、ひとこと言ってやらねば気がすまない。

戸倉がまた肩を竦める。

外国人じゃあるまいし、なんだ、そのジェスチャーは、と利也はむかむかする。それになんだ、この、糠《ぬか》に釘《くぎ》、みたいな捕えどころのない感触は。

「小野さん、そんなに結婚してよかった、って思ってるんですか」

と戸倉が訊いた。

この場面でこう正面切って訊かれたからには、よかった、と答えるしか、利也に選択肢はない。どうせなので、はっきりと、大きな声でそう答えてやる。

「ふうん。よかったんだ。そっかー、そんなもんなんすね」

「なんだよ、その棘《とげ》のある言い方は。結婚ってね、きみが思っているよりいいものかもしれないよ」

「そうかなあ。じゃあ、なんで、世間にはこんなに離婚が多いんですかね？」

「そんなに多いか？　多くないよ。少なくとも、ぼくの周りではそんなに多くない」

戸倉が、ぷっと噴きだした。そうして、米山さんは離婚しましたよ、と言う。

「米山？　米山って」

「あの時小野さんの隣にすわっていた、あの米山さんですよ」

「え、だって、あれからまだ二年だぞ」

軽く仰け反ると、戸倉がまた、意味深な感じで笑った。

「知らなかったですか」

「知らないよ、知るわけないだろう。きみこそなんで知ってるんだ」

「まあ、なんとなく、成り行きで」

「成り行き？」

「そうかー、やっぱり知らないのかー」

戸倉がいっそうにやにやする。「ね、小野さん。離婚、けっこう多いでしょー。結婚が薔薇色なら、そんなに多くないはずですよね。ってことは、やっぱ、どこか、無理がある制度なんじゃないかなあ、って思うんですけど、そんなことないですか。小野さんは、それでもやっぱり幸せですか、結婚して。宮本さんと」

「幸せだよ！　おかげさまで！」

この男といると、だんだん嫌な気持ちになってくるのはなぜだ、と利也は苛々しながらビールを呷った。米山なんて男の離婚のせいで、利也の結婚にケチがつけられたみたいな気分だった。あんなやつ、合コンで一度、隣り合わせただけの、なんの関係もない男じゃないか。そんなやつが、結婚しようが離婚しようが、なんだっていうんだ。それを言うなら、こいつだってそうだ。あの時、たった一度、いっしょに食事をしただけの、赤の他人じゃないか。こんなやつに、四の五の言われる筋合いはない！

戸倉の頼んだ刺身の盛り合わせがテーブルにどんと置かれた。

いつのまに頼んだのか、いっしょに浅蜊《あさり》の酒蒸しと大根サラダまで運ばれてきた。

どれだけ食べるのだ、こいつは、とむしゃくしゃする。奢られる立場なら、ちっとは遠慮したらどうだ。

戸倉は屈託なく、うまいっすねー、身がぷりぷりっすねー、と舌鼓を打っている。かしゃん、かしゃんと貝の殻が、空いた皿（ここにはさきほどまで鶏のもも焼きがあったのだがすでにない）に積み上げられていく。戸倉の無精髭に汁がぴちぴちとくっついている。

戸倉が小さくげっぷした。

イカの刺身を食べながら、利也はふいに自宅が恋しいと思った。

こんなむさくるしい男と食う夕食なんかクソ食らえだ。

さなえの待つ、我が家で、彼女の微笑みを前にして、温かい飯が食いたい。

連日、帰宅時間が遅くて、ほんとうに悪かった、と利也は唐突に後悔する。忙しさにかまけ、つい抛っておいたが、あれだけ抛っておかれたら、疑心暗鬼になって、浮気を疑うのも無理はない。

これからはもう少し、帰宅時間を早めよう。週に二日でも三日でも、早く帰れる日を作ろう。仕事も大事だが、家庭も大事だ。さなえと二人の夕飯を、もっと大事にしよう。子供が生まれたら、そんな時間も少なくなる。二人っきりでいられる今この時は貴重なのかもしれない。

テーブルの上の料理が大方空いてきたので、そろそろお開きにしようと思って口を開きかけたら、先に戸倉が、締めに焼きおにぎり頼んでいいですか、と訊いてきた。まだ食うのか、とげんなりしながら、いいよ、と言うと、味噌《みそ》汁と漬け物もいいですか、と言うから、いいよ、と答え、二人分、注文した。

ワインを頼むことはすっかり忘れてしまっていた。


腹いせに、利也は、戸倉なんて男はろくでもない、と瀬莉に報告してやった。

社会人としての常識も欠けているし、責任感もない。ありゃあ、だめだ。彼らは一応、付き合ってはいるようだけど、結婚する気はないらしい。ともかく発想がむちゃくちゃなんだよ。きっと歩ちゃんとやらも、あの男の、おかしな考えに洗脳されて、丸め込まれてしまったんだと思うよ。まったく悪魔みたいな男だよ、あの戸倉ってやつは。

温厚な小野さんがそれほど辛辣《しんらつ》にけなすなんて珍しいわね、と首を傾げながら瀬莉は話を聞いていたが、利也の報告が、結婚はしないがいっしょには住むかも、でもそれは二人ではなく、三人か四人かも、そしてもし子供ができたらみんなで育てればいい、という辺りにまで及ぶと、ついには笑いだした。

たしかにむちゃくちゃな人みたいだわねえ、と瀬莉は言ったが、それほど嫌悪感を抱いているようではなく、むしろ楽しそうにすら見えたから、利也は小さく頭を振ったものだ。

「だってさ、小野さん。この年になると、そういう可能性も有りだなー、有ってもいいなー、面白いかもなー、って思うようになるじゃない。人生に広がりが感じられるっていうのかな」

瀬莉はそう述べたが、利也は賛同しなかった。いや、できなかった。

鏡子には、もう少し穏便な感じで報告した。ただし、省略はしなかった。事細かに、事実を平明にきちんと伝えた。

聞き終えた鏡子は、ああ、やっぱりねえ、とため息をついた。そんなことじゃないかとは思っていたけど、いかにも歩ちゃんらしいお相手だわ、とつぶやく。

そうして、やれやれ、どうしよう、といった感じで、頭を抱えているようだけれど、その実、鏡子もやはり、どこかしら面白がっているようにも見え、利也はますますわからなくなってしまったのだった。

「別れさせなくていいんですか」

と訊くと、

「そんなこと、できるわけないじゃない」

と鏡子が言う。

「だけど、だからって、このまま放置しといて、いいんですか。何年か経って義妹さんがあいつに捨てられたら、どうすんです。捨てますよ、あいつ。嫌になったら、あっさり捨てますよ、なんかあいつ、そういう男だ、って気がする。その頃には義妹さん、四十超えてますよ。かまわないんですか」

鏡子が腕組みをし、うーん、たしかにねえ、と唸る。

「泣くのは義妹さんの方ですよ」

「とはいえ、話を聞いていると、それなりにうまくいってるみたいではあるし、いますぐ別れさせるなんて無理でしょう？　まあ、もうしばらく様子を見て、結婚を勧められるチャンスを待つわ。お義母さんにも、そんな感じで報告しておく」

「なんなんですか、それは。これだけ苦労して調べてきたのに、そんな甘い結論でいいんですか」

「小野さんには感謝してるけど、だって、そうそう無茶もできないじゃない。引き離すわけにもいかないし。それに、こうして話を聞いているうちに、なんだか、歩ちゃんらしい相手だなあ、って気がしてきちゃって。そうなると、これはもう、わたしたちが口出しするまでもないかもしれないでしょう。ううん、おそらく口出ししても、はね返されるのがオチね。まったく、みごとな相手とくっついたものじゃないの。これはあれよ、割れ鍋に綴じ蓋ってやつよ」

割れ鍋に綴じ蓋。

同じことを思っていた利也は、納得せざるをえない。そこまでわかっているのなら、よしとしよう。


翌月、予定日より十日早く、利也は双子の父となった。

退院してくると、家の中は一気に賑々《にぎにぎ》しくなった。

さなえの母が手伝いに来てくれてはいたが、さなえは日々、髪振り乱して、双子たちに乳を与えたり、おしめを換えたりしている。いつもすっぴんで、コンタクトもはめず、色気など吹っ飛んだ眼鏡姿だが、それでも、さなえの姿は神々《こうごう》しかった。子を抱くさなえの安定感。それはもう、気持ちいいほど母親然としている。どっしりとしたあの尻に敷かれるのなら本望だ、と利也はいつしか思うようになっていた。

赤ん坊の泣き叫ぶ、うるさい我が家が楽しかった。夜中に叩き起こされても腹は立たなかった。テンパって世話をするさなえが可愛くてならなかった。息子たちが愛おしくてたまらなかった。

やっぱり、結婚してよかった。

さなえでよかった。

さなえじゃなきゃ、だめだった。

利也は、はっきりそう思う。

これがぼくの家族なんだ。ぼくが父になり、さなえが母になる。そして、生まれたばかりの息子たち。これが、そう、ぼくたち家族の運命、いや宿命だったんだ。

自分が求めていたものは確かにこれだったのだ、ざまあみろ、と利也は大声で叫びたい気持ちでいっぱいだった（とくに戸倉に向かって）。

幸せだ、と利也は実感する。

ぼくは誰よりも幸せだ。

お宮参りの家族写真は、むろん、来年の年賀状に使うつもりだ。

8

合コンって、つまり、ようするに、なんなんだろう、と二十歳《はたち》になったばかりの（じつはまだ誰とも付き合ったことがない）奈々は思うのであった。

意図的な出会い？

って、誰を求めて？

何を求めて？

まだ見ぬ誰かに何を求める？

大阪のデザイン専門学校に入学し、二年間みっちり絞られた後、苦心惨憺《さんたん》の末、どうにか東京のデザイン事務所に就職が決まり、卒業して実家に戻ってきた途端、高校時代の友人である美希《みき》から、合コンの誘いが入った。

美希は地元の短大を卒業し、実家の和菓子屋で働くことが決まっている。

そんなに派手な子ではないが、早く彼氏が欲しいのだという。若いうちに結婚して子供を産んで、出来れば専業主婦になりたいのだそうだ。専業主婦が無理なら、和菓子屋で働き続ける、とのこと。店は美希の兄が継ぐ予定なので美希の未来の夫は和菓子屋の婿になる必要はなく、といって、美希が働き続けるのは大歓迎らしい。

実家のステーキハウスで働く気なんてさらさらなかった奈々とは大違いである。

今、美希に彼氏はいない。短大時代に付き合っていたカメラマン志望のテラくんとは三ヶ月前に別れたらしい。美希曰く、妙に自信家で山っ気《け》があるところが将来的に危険、だったそうで、あたしはとにかく堅実で真面目な人と結婚したいのよね、テラくんみたいな人じゃなくてさ、と断言する。テラくんと別れたからには、一刻も早くそういう相手を見つけたいようだ。

だからね、合コンしようよ、合コン。いろんな伝手《つて》を辿って。

奈々もやっとこっちに戻ってきたんだしさ。

おまけにお互いフリーなんだしさ。

恋をしましょう！

すてきな恋を！

べつにいいけど……と返事をすると、了解！　詳細決まったらメールする！　とこちらが戸惑うほど元気なメールが返ってきた。


合コンについて、奈々が否定的、というわけでは決してない。

むしろ、侮りがたいものがあると奈々はよく知っている。

なぜならば。

「誰からメール？」

包丁を手にしたまま、叔母の歩がひょいと覗き込んだ。「お義姉さんから？」

「あ、うん、友だちから」

天窓から日が射し込む、広々としたキッチンで、奈々はそそくさとスマートフォンをポケットにしまった。

ここは奈々の叔母の歩の家だ。

正確に言うと、歩が暮らしている家だ。

歩ちゃんのところへ持って行って、と母から託されたしゃぶしゃぶ用牛肉は、奈々の就職祝いのお返しで、これから、みんなで食べる。

いっしょに食べてく？　と訊かれたから、うん、と答えた。

この家には、四人の人間（歩、戸倉佑一郎、平泉繁人《しげと》、片野《かたの》行夫《ゆきお》）が住んでいる。

五年前、奈々が高校生になったばかりの頃、片野行夫によってこの家は建てられた。

当時、歩は詳細を一切説明せず、いきなり国分寺の一軒家に引っ越すことにした、と宣言したものだから、家族一同、すわ結婚か、と色めき立ったものだった。

佑一郎と長らく付き合っている（気配はある）ものの、周囲の心配をよそに、いずれ結婚するかもー、だから抛っといてー、と煙に巻きつつ、日々、うだうだ過ごしていた歩（経済的弱者）が、一軒家に住むというのだから、いよいよ結婚かと想像したのも無理はない。

しかしながら、当の歩は、まあ居候《いそうろう》みたいなもんすよ、としらっと返すのみだった。

いったいどうなっているんだ、居候ってのはなんなんだ、いっしょに住むんなら結婚ってことじゃないのか？……と訊ねても、結婚するわけじゃあない、と歩は言う。じゃあなんなんだ、たんなる同棲か？　いまさら同棲なのか？　と納得しかけたところで、また突如として、入籍するという報告がなされた。

下関に暮らす佑一郎の両親が、いっしょに暮らすと聞いて、そんなけじめのないことでどうする、と一喝し（普段無口な父親が激怒したらしい）、そんなに怒るんなら……と、入籍についてはとくにこだわりもポリシーもなかった（あるいは親を説得するほど芯のあるポリシーではなかったのか）二人は、あっさり入籍を決めたようなのだった。

ひょえー、歩ちゃんが結婚！　とその時奈々は跳び上がらんばかりに驚いた。あのぐうたらでオタクな歩ちゃんに、まさかそんな日が来るとは思わなんだ！　まさに奇跡！

結婚式はせず、その代わり、互いの両親を交えた食事会が、奈々の両親（歩にとっては兄夫婦）のやっているステーキハウスで開かれた。二人ともすでに四十歳になっていたし、とくに披露しなきゃならない人もいないし、親同士、顔合わせができたらそれで十分とのことで、姪の奈々でさえ招《よ》んでもらえなかった。けちくさい。親の店でやるっていうのになんで行っちゃだめなんだ。こっそり参加してやろうと目論《もくろ》んでいたら、察しのいい母、鏡子に止められてしまった。奈々がいきなり現れて、驚いた歩ちゃんが臍《へそ》を曲げてもう結婚なんてしない、なんて息巻いたらどうするのよ、と言う。ここまで来て中止、なんてことにでもなったら、お祖母《ばあ》ちゃんもお祖父《じい》ちゃんも卒倒しちゃうわよ。ショックで病気にでもなったらどうするの。責任取れるの？　取れないでしょ？　だったらやめときなさい。いいこと？　歩ちゃんがお嫁にいくまではくれぐれも慎重に。軽はずみな行動はしない。わかった？

こうして二人は晴れて夫婦となり、家の完成を待って引っ越しをし、いっしょに暮らしだしたのだったが……。

その後、驚くべき事実が判明する。

なんと、住むのは二人だけではなかったのである！

おまけに、家の持ち主も二人とは別人だったのである！

歩が言っていた〝居候みたいなもの〟という言葉は偽りではなかったのだった。

この事実が発覚すると、みんなもう、なにがなにやら、さっぱり理解できなくなってしまった。

じゃあ、あの二人、同棲じゃなかったのか……。いや、同棲は同棲でしょう、いっしょに暮らすんだもの。でも二人だけじゃないんだろ？　四人ってどういうことよ？　四人て誰？　友達？　友達って……友達が建てた家って……。てっきり佑一郎さんが建てたんだとばかり思ってた……。あれかしら、シェアハウス？　シェアハウスってそんな、いい年して若者みたいなこと言われても……。じゃあ、いったいなんなんだ？　あの二人、結婚したんだよな？　だったらなんでわざわざ他人と住む？　そんなおかしな話、聞いたことがない……。

各所から呆然《ぼうぜん》とした声が上がっても、二人はどこ吹く風。なにしろ、彼らの新しい暮らしはすでに始まっている。

そのうち、周囲は沈黙した。

語られなかった言葉をあえて言葉にすればこんな感じ。

あの子たちの考えることはわからない。もともとわからなかったけど、ますますわからない。だけどまあ、そうは言ってもとりあえず結婚したことだし、けじめはついたし、まずまずうまくいってるんだから、もういいや。我々の役目はすでに果たした。勝手にしろ。もう知ーらない。

人間って、理解の範囲を超えると、簡単に思考を停止するんだな、と当時奈々は思ったものだった。

それまでちょくちょく歩の家に顔を出していた母、鏡子（歩にとっては兄嫁）も、彼らの暮らしっぷりに恐れをなし、国分寺まで行くのは遠いから、とめっきり行かなくなってしまい、そのため、なにか用事が発生するたび、奈々に託すようになった。

奈々は断らなかった。奈々の通っていた高校からアクセスがよかったし、この家に興味津々だったから。

そうして、いつしか用事がなくとも顔を出すようになっていく。

彼らは、奈々の訪問を、嫌がらなかった。

というか、むしろ歓待してくれた。

「よ、女子高生」

と片野に言われ、

「やあ、よく来たね」

と平泉に言われ、

「お、奈々ちゃん、いらっしゃい」

と佑一郎に言われ、

「あ、また来た」

と歩に言われ、なんとなく、いっしょに御飯を食べたり、遊んだりした。宿題も手伝ってもらったし、テスト前になると苦手な理数系を教えてもらった。進路の相談にも乗ってくれた。たいして才能はないだろうと自覚していたものの、絵に近い仕事で食べていきたいと漠然と夢見ていた奈々が、美大ではなく就職に強いといわれる大阪の専門学校を選んだのは、彼らのアドバイスがあったからである。

一番年長は片野で（当時すでに還暦）、彼は、若くして会社を興し、さんざん儲けたのち、それを売って引退し、この三階建ての家を建てたのであった。

ぼくはね、正直、すっかり疲れ果てていてね、この生き馬の目を抜く業界で勝ち続けるのは難しいと感じだしていたんだよね。ここらが潮時かな、社長業を続けるのも、そろそろ辛いな、限界だな、と思い始めていたわけ。身体も壊していたし、素《す》の自分を出せないことにもうんざりしてたし、といって、いまさらカムアウトって感じでもないしねえ。公的な人生はもういい、それより、私生活を充実させたかった。ぶっちゃけて言えば、真剣に向き合えるパートナーが欲しかったんだ。手を携えて歩んでいけるような人がね。そりゃ、これまでだって恋人はいたよ。いたけど、どれもこれも短い付き合いで、いきなり燃え上がった恋の火花がぱあっと散ったらそれでおしまい。生々しい話だけど、ようするに、快楽だけ、っていう関係ばかりで。だけど、だんだん、そういうのはもういい、って気になっていたんだ。

そこに現れたのが平泉繁人だった。

運命の人だったね、と片野は言う。

こっちは老け専じゃなかったんだけど（と平泉が片野をちらっと見て、にこっと笑う）、あんまり熱心にくどくからさ、なんかだんだんその気になってきちゃって。

はー、っと奈々はため息をつく。

それまでゲイのカップルに（リアルで）出会ったことがなかったから奈々には刺激が強すぎた。

とはいえ、そこになんで歩たち夫婦がいっしょに暮らすのかが、最初、大きな疑問だった。まったく意味がわからない。どこからどう見ても邪魔者ではないか。そのくせやけに堂々と暮らしているのも謎だった。どういうこと？　と奈々が訊くと、ちがうんだよー、奈々っぴー、と歩は真顔でこう言った。

うちらは先に、三人でいっしょに暮らす計画を立てていたのだよ、後から割り込んだのが、片野っち。

なんじゃ、そら、と渋い顔をしたら、歩が説明する。

そもそも、歩が佑一郎と知り合う前から、平泉は、同僚だった佑一郎に恋をしていたのだそうだ。ところが、そこに歩が現れたせいで、その恋は成就せず、一時は、剣呑《けんのん》な三角関係にもなったらしい。って、それは佑一郎が優柔不断だったためなのだが、その優柔不断さが、いつのまにやら、歩と平泉の接近を許し、なんだかんだで仲良くなってしまい、そうこうするうちに、三人でつるむのが自然になっていったのだという。

歩がなおもへらへらと説明を続けた。

変、っていえばたしかに変な関係なんだけど、あたしと佑ちゃんだけだったら、とっくに別れてたような気もするんだよね。だけど、そこにヒラちゃんが加わって三人になったでしょう。そしたら、なんかこう、いい感じにバランスが取れて、長続きしちゃったの。三人だと飽きないし、喧嘩になっても、仲裁役がいるわけだし。遊びのバリエーションも増えるしね。とはいうものの、ヒラちゃんはヒラちゃんで、パートナーはずっと欲しかったわけ。基本、パートナー願望の強い人だから。出会いは求めていたの。そこに片野っちが現れちゃったんだなー。片野っちと知り合えてヒラちゃん、ほんとうによかったんだよ。精神的にもすっごく落ち着いたし、四人になって、我々のバランスがますます良くなった。

わかったような、わからんような説明だ……と首を傾げつつ、だけどさー、三人だけだったら、歩ちゃんたち、家なんて建てられなかったんじゃないの？　と突っ込むと、歩は爆笑した。

そうそう、そこなんだよ、奈々っぴー。そこが、うちらの強運なところでさー。低空飛行もついに墜落か……ってとこまで追いつめられていたのよ、じつは。鏡子さんには内緒にしてたけど、この出版不況の暴風雨の中、仕事も減っちゃってさ。自活出来なくなりつつあってさ、けど、実家に戻るのはいやだし、いよいよ三人で暮らす？　でもわたしだけ極端にお金ないし、みんなの足引っぱるのもなんだし、あんまり迷惑かけられないし、どうしよう、どうしたらうまくいく？　って悩んでいた矢先にこれですよ！　ヒラちゃんに、好きな人が出来た、真剣に付き合ってる、って言われてー。うわ、やられたー、三人で暮らす計画もパアか、と落胆したらばその逆で！　片野っち、土地はすでに持ってるっていうし、隠居するための家を建てる計画があるっていうし。しめしめ、だったら、そこで四人で暮らさない？　ってことに。

嘘、そんなふうに、片野さんをだましたの？　と奈々は目を剝いた。それって歩ちゃん、軽い詐欺じゃんか。片野さんを利用しまくって、酷《ひど》くないか？

ところが当の片野が、そうではない、と奈々を諫《いさ》めたのだった。

きみもこのくらいの年になればわかるだろうけど、結局、必要なのは、金じゃなくて人なんだよ、人。愛する人。気心知れた仲間。包み隠さず、自分を曝《さら》けだしても受け入れてくれる人との暮らし。仕事で成功して、経済的にも恵まれた立場だけど、実家とはとうの昔に縁が切れてる境遇でさ、兄弟はこういう私を忌み嫌ってるしね、親も亡くなってしまったし、今じゃ、天涯孤独みたいなもので、まあ、ほんと、寂しいかぎりなのよ。仕事で培った人間関係なんてものは、仕事を離れたら終わりだし、こうなると、ようやく見つけたパートナーとの暮らしがとにかく一番大事。利用してるっていうんなら、こっちが利用してる。こちとら還暦で、持病もあって、いつ倒れるかわからない人間だからね、いざとなったら、ってことをどうしても考えてしまう。その時に、恋人一人に負担がのしかかってしまうのをどうにかしたかったわけ。それで、四人で暮らすことにしたわけ。歩ちゃんや佑ちゃんの人間性を見極めたうえで、その優しさに付け入ったのよ。だって彼らは裏切らない。そういう人間だもの。奈々ちゃんだってわかってるよね？　だからここへ遊びに来るんだよね？　彼らと知り合ってすぐに、長年温めていた計画を変更して、四人で暮らせる家にしたわけ。それに利点はもう一つあってね。マンションならともかく、こういう一戸建てに男が二人きりで暮らしていると、なに、あの家、あやしい、って絶対噂になるんだよ。偏見のある人が、怒りをぶつけてこないともかぎらない。奈々ちゃんが思っている以上に、世の中は寛容じゃないからさ、用心しないと。四人暮らしは、その対策でもある。ギブアンドテイクっていうかさ。意外と計算高いっしょ。

「片野さんは、まだ病院？」

持病の治療のため週に一度通院する片野に、毎度愛車を運転し、付き添っていくのは平泉の役目だ。

「うん、なんか、予約ミスがあったみたいで、あと一時間くらいかかるってさっきメールが来た。先食べててって」

「え、いいよ、待つよ」

「いや、待たれるの嫌がるからさ、適当にやってよう。奈々っぴ、野菜とお肉、テーブルに運んで」

「へい」

ダイニングに野菜や肉の盛られた大皿を運んでいく。

ごはんだよー、と階段下から大声で叫ぶと、自室で仕事をしていた佑一郎がのっそり現れた。

プログラマーという職種は、近頃では、ほとんど、家で仕事をすればいいらしい。だから、この家の四人は全員、たいてい在宅している。ちなみに昔同僚だった佑一郎と平泉は、二人とも転職し、今では別々の会社に籍を置いている。

「おー、これはまた、うつくしいさしの入った肉だなあ。さぞかし、旨かろう。奈々ちゃんが持ってきてくれる肉は、ほんと、いつ食っても旨いよなあ。お世辞でもなんでもなく〈ステーキハウス佐藤〉は隠れた名店だよ。初めて食った時、まじで感動したね」

「それって合コンの日？」

「ん？　あ、そうそう。あの日は、こーんな分厚いステーキでさ。安い会費なのに無理しちゃってさ。あれから十年だもんなあ。早いよなあ。奈々ちゃん、すっかり大人になっちゃったしなあ。奈々ちゃん見てると月日を感じる。歩はあんま、変わんないけど」

「あんただって変わんないでしょ」

歩が後ろから佑一郎に蹴りを入れた。まじめな蹴りなので、佑一郎が、おおっとよろめく。なにすんだ、と振り返る佑一郎を見て、歩は、きゃきゃっと笑ってうれしそうだ。大人なのに、なにやってんだろ、と奈々は呆れてしまう。うらうら、こけてないでしゃぶしゃぶの鍋出してけろ、と歩が佑一郎に命令する。うぃうぃ、と佑一郎が取りに行く。なんかちょっと変わったノリのカップルだといつも奈々は思う。歩も佑一郎も見た目はまったく四十代に見えないどころか、年齢不詳な謎な感じは年々深まっていくばかり。こういう暮らしを続けていると、社会的な目に晒《さら》されないから、年相応に変化していく必要がないのだろうか。そのせいで、世間とのずれはいっそう激しくなっていくのだろうか。

それにしても、なんだろう、歩のこの幸運ぶりは、と奈々は思わずにいられない。まだ細々と仕事を続けているとはいえ、ろくな稼ぎもないくせに、なんでこんなふうにのうのうと生きていられるのだろう？　奈々にとって、歩の暮らしは憧れだ。けれども、どうしたら、こういう暮らしにありつけるのか、奈々には皆目わからない。合コンか？　合コンが正解なのか？だがしかし、歩本人はいまだに、あんな合コン、ほんとは行きたくなかったんだよね、あんたのママに頼まれたから仕方なく参加しただけでさ、とほざく。本《もと》を正せば、合コンから始まっている暮らしなのは明白なくせに、まるでそんなことはなかったかのように、まさに他人事《ひとごと》のように、婚活とかって、ほんと、わけわかんないわ、ああいうとこにわらわら集まる人って、なんか莫迦みたいじゃん、と嘲《あざけ》っている。これだけ恩恵に被《こうむ》っておいてよく言うよ、と思うが、指摘したとしても、ああだこうだと屁理屈を言って、歩は認めないだろう。まあ、そういう歩だからこそ、こういうおかしな生活にありつけたのかもしれないが。

「しかし、奈々ちゃんが持ってきてくれる肉は、なんでいっつもしゃぶしゃぶ用なわけ？　ステーキ肉は一度も持ってきてくれないよね？」

佑一郎が言うと、歩がずいと右腕を突きだした。

「なに」

佑一郎が怪訝な顔をする。歩ががっかりした顔で右腕をもう一度、ずずいっと突きだし、左手で右の二の腕をぱぱんと叩いた。

「だから、腕だよ、腕。わっかんないかなあ。わかるでしょうが。おれのようにステーキをみごとに焼ける腕はお前らにはない。だったら無難なしゃぶしゃぶにしとけ」

「あ、そういう意味か」

「ステーキ食いたきゃ店に来い。兄貴からの無言のメッセージ」

「なるほど。じゃ、また店に行かなくちゃ、だな」

ちっ、と歩が舌打ちする。

「やだよ、行きたくない」

「なんで。いまメッセージ受け取ったんだろ」

「受け取ったけど行きたくない。いろんな意味でめんどくさい」

「そんなこと言わずに、行こうぜ」

すかさず奈々は口を挟んだ。

「うん、行ってあげてよー。二人でいっしょに行ったら、パパもママも、喜ぶよ。二人が結婚したことは、うちの親の大手柄ってことになってるし。お祖母ちゃん、いっつもそう言って、ママに感謝してるもん。なんたって二人の出会いの場は〈ステーキハウス佐藤〉なんだしさー。二人がこうして結婚できたのも、あの合コンがあればこそ、なんだしさ」

合コンを莫迦にしている歩へ当てつけがましく奈々が言うと、歩が腕をぶん、と振りまわした。どうやら言葉にならない苛立ちが咄嗟に表れたようだ。さっと避《よ》けたが、微妙に奈々の身体をかすめる。

笑いだしそうになるのをこらえつつ、奈々は追撃した。

「歩ちゃん、もういいかげん、認めなきゃ。運命の出会いは合コンだった、って。うちのステーキ食べて出会ったんだ、って」

「なんかもう、奈々っぴ、うざい。大阪から帰ってきてますますうざくなった」

「うざくなってないよ」

「なってる。まじうざい」

「大阪といえば、歩ちゃん、合コンてさー」

「だからうざいって！」

「ステーキハウスでよく開かれるもんなの？　昔は定番だったの？」

「んなわけないじゃん。あんなとこで合コン、ふつー、やるか、っつーの」

「でも、二人が出会ったのは、〈ステーキハウス佐藤〉でしょ。昔はそれなりに開かれてたってことなんじゃないの？」

「あれは特殊事情。つか、言ってることが意味不明。なんで合コンとステーキが関係あんのよ。莫ッ迦じゃないの。だれかこいつを黙らせて」

「でもさ、うちの学校の先生がさ、ステーキハウスで開かれた合コンがきっかけで離婚しちゃったんだってよ。就職相談室で、進路のこと、いろいろ話し合ってるうちに、うちの実家が代々木上原でステーキハウスやってるってわかったら、そんな話、してくれたもん。いい先生なの。あたしとおんなじ東京出身で、全然関西弁話さない人だから、なんとなく、可愛がってくれてさ。就職のこととかも、すっごい親身になってくれて。無事就職できたのも、その先生のおかげ。ねえねえ、合コンで離婚ってパターン、すごくない？　だって結婚じゃないよ、離婚だよ？」

「そのパターンなら、おれも知ってる！　ステーキハウスで開かれた合コンがきっかけで離婚しちゃった男。そいつは結局、合コンで知り合った女ともうまくいかず今も一人寂しく暮らしている。ここにもたまに飲みに来る。な」

佑一郎が歩を見る。

「あー、はいはい、米《よね》ちゃんね。ほら、奈々っぴも知ってんじゃん、米ちゃん。会ったことあるじゃん。いつだかの花見の時。稲荷《いなり》寿司たくさん持ってきた、調子のいいリーマンのおっさんがいたでしょ。あの人。あの人がそのパターン。莫迦だから。莫迦なんだけど、莫迦だと思っていないから、あっさり離婚しちゃったの。そして好きになった女は別の男と結婚しちゃったの。まったく、どこまでもおめでたい男だぜ、米山正勝」

「ヨネヤママサカツ。……ヨネヤマ、マサカツ……まさくん……？」

「うん、まさくん。奈々ちゃん、よくご存じで」

「いい年して笑っちゃうよね、まさくんだって。元妻にはそう呼ばれてたんだってよ。あの米ちゃんが。なにその可愛らしい呼び名は、って、え？　待って。奈々っぴ、あんたの先生って」

「あ！　おい！　奈々ちゃんの学校って、大阪だよ！」

「わっ、ほんとだ！　大阪の専門学校！　東京出身の先生！　ぎゃっ。ってことは、もしや、その先生、下の名前は玲子さんというのでは！」

「言う！」

「げ！」

「先生の実家って、もしかして……歯医者？」

「うん、成城の歯医者。後を継いだお兄さんがインプラントに力入れてるって」

「ぐは〜、決まりだ〜」

二人が、両手を上げて腰をくねらせ、だあーっと叫びながら椅子に崩れ落ちた。やっぱり変わったノリのカップルだと奈々は思う。


〈ステーキハウス佐藤〉に現れた黒川《くろかわ》玲子先生は、コバルトブルーを基調にしたシルクのワンピースに、レースのボレロを羽織り、ほどよくドレッシーに決めていた。

せっかくだから〈ステーキハウス佐藤〉に招待しろ、と奈々をそそのかしたのは、歩と佑一郎だった。いったいなんのためにそんなことを……と抵抗したら、だって米ちゃん、今でも元妻に未練たらたらなんだよ、こんな偶然滅多にないことだし、ってことは、ひょっとして神の思《おぼ》し召しみたいなものかもしんないじゃん、一度くらい会わせてやろうよ、と言う。

玲子先生はべつに未練なんてなさそうだよ、と返したが、代々木上原でステーキハウスやってる、って、たったそれだけの情報で、合コンの話を思い出して教え子に語るくらいなんだから、ちょっとくらいは未練があるんじゃね？　と言い張る。そうかなあ、仮にそうだとしてもだよ、あたしが招待するっておかしくない？　おかしくないよ、在学中にお世話になったお礼とか、就職できたお礼とか、理由はいくらでもあるでしょうが！　そう声を張りあげる二人に押し切られ、就職相談中に聞いていたアドレスにメールしてみたのだった。

むろん、ごく控えめに。先生は長期休暇中はいつも実家に戻ると仰っていたので、もしかしたら今こちらですか。でしたら、よろしければうちのステーキはいかがでしょう、と。

ところがなぜかすぐに、返信が来てしまったのだった。

嘘、と小さく呻《うめ》きながら、メールを開くと、卒業したての生徒にごちそうして頂くわけにはいかないので、代金は払いますが、是非うかがいたいです、と書いてある。

奈々はひるんだ。

こんな計画にのってしまっていいのだろうか。

歩たちの悪い影響を受けてるような気がしなくもないが、玲子先生はすでに来る気満々なのだし、もういいやこの際、これはたんなるお礼のつもりなんだから、後のことは知ーらないと開き直って、さくさく約束してしまった。

両親には、就職でお世話になった先生を連れて行く、とだけ伝えテーブルを確保した。

歩たちは、その後米山に予約を入れさせたらしい。

前菜、スープ、サラダ。

〈ステーキハウス佐藤〉の料理は玲子先生に好評だった。

料理を運んでくる鏡子とも時折おしゃべりしつつ、玲子先生はワインを飲み、奈々の就職先のデザイン事務所のことや、卒業生たちのその後の活躍ぶりなどを話す。

「わたし、卒業生とこんなふうに、卒業後にいっしょに食事するって初めてなのよ」

と玲子先生は言った。

「そうなんですか」

「卒業しちゃったら最後、生徒との関係はたいていおしまい。そういうものなの。まあ、まれに、学校へ訪ねてきてくれる子もいるけどね。でもそういう時でもいっしょにお茶するくらいが関の山。だから、メールをもらってびっくりしちゃった」

「ですよね」

「でもうれしかったわ。こんなことってあるのね。他の先生が卒業生と飲みに行った、なんて言ってるのを聞くと、ちょっとうらやましかったりもしていたの。でも、ほら、わたし、休みはこっちに帰ってきちゃうでしょ。大阪にいる子たちとは距離ができちゃって……。ほんとに、すてきなお店ね。招待したくなるのもわかるわ。今度はうちの両親を連れてこようかな。わたしの実家、ここからわりと近いのよ」

「知ってます。成城って、前に」

「あ、そうか。話したことあったわね」

ふふふ、と玲子先生が笑った。

在校中の思い出話、東京出身の人間から見た関西人の不思議議、いずれフリーになりたいという奈々の将来の夢、それについての玲子先生のアドバイス。などなど、話すことはいくらでもあった。

彼らが店に現れたのは、奈々たちのテーブルにメインのステーキが運ばれた直後だった。

斜め後ろの席に案内されてきた歩と佑一郎の声が聞こえ、奈々はそれを察した。とはいえ、あからさまに振り返るわけにはいかないので、素知らぬ顔でナイフとフォークを動かし続ける。

奈々たちがこのテーブルにいると鏡子は歩たちに伝えただろうか？

伝えないのは不自然だから、さりげなく伝えられただろうと思うが、誰もこちらのテーブルに近づいては来ない。もしかしたら米山に遠慮して伝えられなかったのかもしれない。

ふいに、玲子先生の手が止まった。はっとして奈々は玲子先生の顔を見る。目は明らかに彼らのテーブルの方を見ていた。かすかな動揺が見て取れる。

気づいたんだ、どうしよう、こんなことしなきゃよかったと奈々は身悶《みもだ》えしそうになりながらも玲子先生から目を離せずにいると、玲子先生が唐突に奈々を見てにっこり笑った。後ろめたい気持ちでいるから奈々は、その笑顔にひやっとする。玲子先生はいくぶんわざとらしい笑みを浮かべたまま、とくに何も言わず、なにごともなかったかのようにステーキを口に運びだした。

なんだろうこれは、と奈々はひそかに緊張する。

小さな時限爆弾でもテーブルの上に置かれたかのような心地だった。

斜め後ろのテーブルは今どんな感じなのだろう？　向こうも気づいているのだろうか。いや、そもそも、玲子先生がいると知って、米山正勝はここへ連れだされたのだろうか。歩や佑一郎から詳しい計画を聞いていないので状況がよくわからない。

いまさらどうしようもないから、奈々はただ黙々と食べるのみだ。おいしいはずなのに、味がよくわからない。とにかくひたすら咀嚼《そしゃく》、咀嚼、咀嚼。

奈々がステーキを食べ終えたと同時に玲子先生が口を開いた。

「ねえ、佐藤さん。あそこにわたしの元夫がいるんだけど」

ああついに来た、と思いつつ、黙っていると追い打ちをかけるように玲子先生が言った。

「これはどういうことなのかしら？　まさか偶然、ってことはないわよね？」

奈々はうなだれた。うなだれる以外の方策がなにも思い浮かばなかった。

静かにうなだれているうちにステーキ皿が下げられ、デザートのコーヒーと、桜のシャーベットが運ばれてくる。玲子先生はまったくのポーカーフェイスで、鏡子にステーキを褒め讃《たた》えている。何が起こっているのか悟られる隙をまったく見せないところは、さすが大人だ、と奈々は感心する。

どう考えても奈々が太刀打ちできる相手ではないとようやく肚が据わった。なにしろ、彼女は奈々の先生でもあるのだ。

コーヒーをひとくち飲んで、気を落ち着けてから、奈々は詫びた。そうして、正直に小声で事情を（微妙に責任を叔母夫婦になすりつけつつ）説明した。

長い説明を聞き終えた玲子先生はしばらく考えこんだ後、溶けてしまったシャーベットをひとくち食べ、コーヒーをひとくち飲んだ。

何も言わなかった。

奈々ももう何も言わなかった。言葉が何も見つからない。

思い余って、奈々は無言で頭を下げた。

「わたしのミスね」

と玲子先生は言った。「生徒にあんな話をしてしまったわたしのミスだわ。代々木上原のステーキハウスって聞いて、過剰に反応してしまったのは、たしかにあなたの叔母さんの仰る通りかも。ああ、やだわ。恥ずかしい」

いえいえいえいえ、と奈々は手を胸の前で振る。玲子先生は困ったような顔で、ふう、とゆっくり息を吐く。まあそんなことより食べましょうよ、と言われて奈々は、溶けたシャーベットをスプーンですくって食べた。せっせと食べた。さも夢中になって食べているかのように懸命に。

玲子先生は、食べましょうよと言ったくせに、溶けたシャーベットには手をつけず、コーヒーだけ飲んでいる。そうして奈々をじっと見ている。目が合うと、口元だけ、笑顔になった。ちょっときつい印象ではあるけれど、玲子先生はやっぱりなかなかの美人だと奈々はあらためて思う。

でもさ、佐藤さん、と玲子先生がふいに身を乗り出すようにして奈々に顔を近づけた。

「まさかこんなことになるなんて思わないじゃない。言い訳がましいけど、まさかほんとにこの店だとも思わなかったし」

「そうなんですか」

「そりゃそうよ。似たような名前だとは思ったけど、十年近く前の話だし、記憶なんていい加減だし。あなたがこんなに暗躍するとも思わないじゃない。わたしはただ、過酷な就職活動に萎《な》え気味だったあなたに笑い話のつもりで話しただけだったのよ」

「笑い話」

「だって笑えるでしょ、合コンで離婚って」

元の位置に戻って玲子先生は手にしたナプキンで口元を拭った。「笑ってちょうだい」

笑おうとしたが笑えなかった。

「笑えないか。笑えないね。そうよ、まったく笑えない。洒落にもならない。なんでこんな、余計なこと、するかねえ、きみたち」

「すみません。でも、あの、わたしも言い訳がましいんですけど、未練たっぷりなんだそうです、先生の元旦那さん」

「そんなの予想通りよ」

「そうなんですか」

「そうよ。遅いのよ、なにもかも。あの人はそういう人なの。昔っから。でも会えてよかったわ。って、誤解しないでちょうだい。そういう意味じゃないの。会えてはっきりして、よかった、ってこと」

「どういう意味ですか」

玲子先生は少し考え、一度頷いてから、口を開いた。

「あのさ、佐藤さん。自分の心の中って、ほんとのところはなかなかわからないじゃない？　そう思わない？　自分って、自分に平気で嘘つくし、ごまかすし。やっかいじゃない？　だから、こんなふうに実際に彼を前にしないとわからないこともあるんだと思うの。会えたおかげで今日はっきりした。あの人はもう、遠い人」

「遠い人」

「うん、そう。こうして見てても知らない人みたいに遠くに感じる。あ、佐藤さん、わたし、言っとくけど、今付き合ってる人、いるからね」

びっくりしていると、玲子先生が笑った。

「あ、あいつ、立ち上がった。あ、こっちに来る。なんだか老けたわねえ、まさくんてば」

テーブルの横に立ち、米山正勝が、玲子、と言った。

「玲子？　玲子さんでしょ」

と玲子先生が言い返す。

「玲子さん」

「なによ」

「少し話をしてもいいかな」

「だめよ」

「え」

「離婚して何年になると思ってんのよ。話すことなんて何もないわ」

「え」

「教え子と食事してるのよ、邪魔しないで」

「ごめん」

「謝らなくていいわよ、もう帰るんだから」

身体中から拒絶の意思をぷんぷんさせて、玲子先生がバッグを手にし、中から財布を取りだそうとする。

「あ、いいよ、いいんだ、玲子。じゃなかった、玲子さん。ここはぼくが払うから」

「どうしてよ」

「そういうことになってるんだ」

さてはあの二人の仕業だな、と反射的に奈々が振り返ると、歩と佑一郎はにやにやしながらこちらのテーブルの成り行きを見守っている。

「少しだけ話せないか、玲子。じゃなかった、玲子さん。謝りたいことがあるんだ。話したいこともいろいろ」

「わたしはないわ」

「そんなこと言わずに。悪かったと思ってる。あの時は本当に悪かっ」

「うるさいよ！　もう黙りなさい！」

玲子先生が立ち上がった。「わたしたちはもう終わったの。とうの昔にね！　さ、どいてちょうだい。ほら、早くどきなさいよ。邪魔よ、邪魔」

言うことを聞かない生徒を叱りつける時のように言うと、玲子先生はずいずいと歩きだし、と思ったら突然立ち止まって振り返った。

「米山さん、ごちそうさま。お言葉に甘えてごちそうになります。それから佐藤さん、おいしいお食事をどうもありがとう。とっても楽しかったわ。お母様にも、シェフのお父様にもよろしくお伝えくださいね」

と、皮肉や怒りをいっぱい含みつつもエレガントにそう言い残して玲子先生は風のごとく去っていってしまった。ぽかんとしていたら、同じようにぽかんとした顔で立っていた米山正勝がよろよろと、魂を抜かれたゾンビみたいな歩き方で自分の席に戻っていく。

素早い反応で彼を励ます歩と佑一郎（面白がっている気配は濃厚）を眺めていたら、あら黒川先生はどうされたの？　とテーブルにやってきた鏡子に、しどろもどろで答えているうち、すべてがみるみるばれていき、奈々はこっぴどく叱られ、すぐさま外につまみ出されてしまったのだった。

米山正勝はそんな奈々の食事代も、もちろん玲子先生の分も、どうしても払いたいと鏡子に頼み込み、すべて払って帰っていったのだそうだ。

米ちゃんはさ、離婚後玲子さんの実家からめちゃくちゃ嫌われてしまって、いっさい連絡が取れなくなってしまって、でもまあストーカー的に近づくわけにもいかず、ずっともやもやしたものを抱えて生きていたらしいんだよね。だから、あれでよかったんだよ、とその翌日、歩が電話で言っていた。米ちゃんってばさ、今じゃ、酒屋の社長夫人になって三人の子供を育ててるさなえさんって人にこっぴどく振られた後、正気に戻って、ああいう形で、しなくてもいい離婚しちゃったのは自分のせいだって思い込んでてさ、奥さんをひどく傷つけてしまったって責任感じちゃってるみたいでさ、彼女はその後どうしただろうか、元気にしているだろうかって酔っぱらうといっつも気にしてたんだよね。あんなに強い玲子さんの姿を見ていっそすっきりしたんじゃない？

玲子先生、今付き合ってる人、いるんだってよ、と教えると、ああ、それはいいんだよ、そんなのはべつに、米ちゃんにもいるみたいだし、好きになりかけてる人が、と歩が言った。

ええっ、と驚くと、それとこれとはべつなんだと思うよ、と歩が笑った。

夫婦喧嘩はね、犬も食わないのよ！　ましてや別れた夫婦にあんたみたいな小娘が首を突っ込んだってどうにもなりゃしませんよ！　と鏡子には、大きな雷を落とされた。歩ちゃんに影響されたらだめだって昔っから口が酸っぱくなるほど言ってるでしょ！　歩ちゃんみたいになっちゃったら奈々、あんたこれから社会人としてやっていけないわよ！　わかってるの！　ほんとにもう、歩ちゃんにも困ったものだわ。いったいいつになったらあの子まともになるのかしら。結婚したら落ち着くかと思っていたのに、結婚しても一向にまともになりゃしない。どうしてかしら。どうしていつまでもあんなふうなのかしら。結婚相手が悪かったのかしら。

「でもその結婚相手に会わせたのはお母さんでしょ」

「そうだけど」

「佑一郎さん、いい人じゃん。歩ちゃんにはあの人しかいないって」

「まあ、そうだけど」

「いいカップルじゃん」

「そうかもしれないけど」

「よくぞ出会えたものだと思うよ。あんな人、他にいないって。歩ちゃんには、佑一郎さんじゃなきゃ絶対無理でした」

「まあたしかにね」


というわけで、奈々はせっせと支度をするわけである。

メイクはこれでいいのだろうか、服はこれで合ってるのだろうかといちいち悩みながら。

張り切る美希との待ち合わせは、会場となる店の最寄り駅の改札で一時間後。

大阪にいた専門学校時代は、みんなでわいわい遊ぶばかりだったので、奈々にとって、今宵が人生初の合コンである。

わくわくとドキドキが入り混じった気持ちで、靴を履いて、表へ出る。

いつのまにやら日が落ちて、空には星が瞬《またた》いている。

奈々は小さく、くしゃみをする。

今宵、何が起きるのやら。

どんな出会いが待っているのやら。

たかが合コン、されど合コン。

逸《はや》る気持ちを抑えつつ、奈々は坂道を走りだす。春の風が頬にあたって気持ちいい。

駅までの近道を抜けて、改札を通過し、階段を上り、ホームで美希にメールする。五分くらい遅刻するかも〜。美希からすぐに返事が来る。了解だよ〜あわてなくていいからね〜。

奈々の乗った電車が動きだす。窓から見えるネオンサインをぼんやりと眺めているうちに駅に着き、ドアが開くと奈々は、ぴょんとホームへ足を踏みだした。

よし！　と奈々は心の中で小さく言う。

たった一つの夜が、今また、始まろうとしている。

この夜の行方《ゆくえ》は、まだ誰も知らない。

初出　「GINGER L.」05〜12

〈著者紹介〉
一九六二年愛知県生まれ。南山短期大学卒業。九二年「春の手品師」で第七四回文學界新人賞を受賞しデビュー。著書に『戦友の恋』『それでも彼女は歩きつづける』『ゼラニウムの庭』『三月』などがある。二〇一一年に刊行された『ピエタ』は第九回本屋大賞第三位となり、大きな話題となった。

ワンナイト

二〇一四年三月二〇日　第一刷発行
二〇一九年七月三〇日　第二刷発行

著者　大島真寿美
発行者　見城徹
発行所　株式会社 幻冬舎
〒一五一-〇〇五一 東京都渋谷区千駄ヶ谷四-九-七
電話〇三-五四一一-六二一一（編集）
〇三-五四一一-六二二二（営業）
振替〇〇一二〇-八-七六七六四三
印刷・製本所　株式会社 光邦

ISBN978-4-344-02548-6 C0093
幻冬舎ホームページアドレス https://www.gentosha.co.jp/
この本に関するご意見・ご感想をメールでお寄せいただく場合は、comment@gentosha.co.jpまで。